古老的《诗经》，如清柔之茶，诗句在唇间留香，韵味在岁月悠长，仿佛那沁人心脾的诗行，轻轻吟诵，就能触摸到天地初立的年代里最初的美好。

即便经过了数千年的风雨雷电，《诗经》依旧素朴无华，依旧清澈见底，它如同一个面带浅浅微笑的少女，在温柔的岁月中安然自处，淡然自守。

在这份自处中，每一段时光都可以成诗，每一段感情都可以歌咏，每一片花瓣都可以抒情，每一份哀乐都可以纪念。正是这般天然心性，造就了《诗经》的质朴深厚、纯美无邪的千古风致。

在这份自守中，所有的故事和情怀仍旧保持着新鲜温度，所有的思念与眺望仍旧如画一般美好。人面桃花相映红，桃花依旧笑春风。

“蒹葭苍苍，白露为霜。所谓伊人，在水一方”，那方距离虽然咫尺可见，却是远在天涯，伊人之美氤氲如烟，若即若离，穿越千年之后依然鲜活如初；“死生契阔，与子成说，执子之手，与子偕老”，岁月静好，现世安稳，这般洗练如白描的誓言，真是最动人的爱情表达。

时光惊艳，岁月温柔，皆来自朗净晴空的内心，多少外在的光鲜亮丽也比不过心灵永远的美好纯净。这份美好纯净将生命中所有的挫折和悲哀化作一缕清风，只愿彼此相对，只愿此世光景绵长，静水流深。

《诗经》，越古老，越美丽。它的古老，是经历了三千年的时光流转和岁月浸染，愈发出落得干净简单，质朴如明镜，没有一丝暗纹。它的美丽，是浑然天成，不事雕饰。无论耕作砍樵、祭祀狩猎，还是远行出征、水滨游玩，我们的先民只是直白地将生活的每一个片段吟唱出来，便有了悠长如水的诗韵。

在这仓促的浮生中，偷得一寸闲暇，浅吟慢唱每一首诗，麻木疲惫的心灵如水墨般晕开。这种久违的感觉，穿透光阴，停留在柔软安宁的内心世界，该是怎样的浪漫与沉醉。

美得令人心醉的100首诗经

·遇见醉美古诗词

王光波 著

華齡出版社

责任编辑：高志红
责任印制：李未圻
封面设计：颜　森

图书在版编目（CIP）数据

美得令人心醉的100首诗经 / 王光波著. --北京：华龄出版社，2017.11
ISBN 978-7-5169-1122-8

Ⅰ. ①美… Ⅱ. ①王… Ⅲ. ①《诗经》-诗歌欣赏 Ⅳ. ①I207.222

中国版本图书馆CIP数据核字（2017）第264824号

书　　名：美得令人心醉的100首诗经
作　　者：王光波　著
出版发行：华龄出版社
印　　刷：三河市越阳印务有限公司
版　　次：2018年3月第1版　　2018年3月第1次印刷
开　　本：660×960　1/16　　**印　　张**：14
字　　数：140千字
定　　价：32.00元

地　　址：北京市朝阳区东大桥斜街4号　　**邮编**：100020
电　　话：84044445（发行部）　　**传真**：84049572
网　　址：http://www.hualingpress.com
（如出现印装质量问题，调换联系电话：010-82865588）

卷一◎遇见你是最美的意外

卷二◎那些岁月，是我爱的风景

卷三◎千帆过尽，缘来缘去

卷四◎我想你，想春暖花开

卷五◎我站在风中，痴痴为你等

卷六◎明明印在眼中，怎么转眼旧了

卷七◎多少痴情明天，一生只为一人醉

卷八◎往事不要再提，人生几多风雨

卷九◎生命不长，但愿活得更深

卷十◎千山万水，回家的路最美

卷一　遇见你是最美的意外

他穿着有纹章的衣服，坐着四匹马拉着的高大马车，英姿飒爽，游刃有余，就这样从诗人的身边经过，只轻轻一瞥，便令人如饮风月。

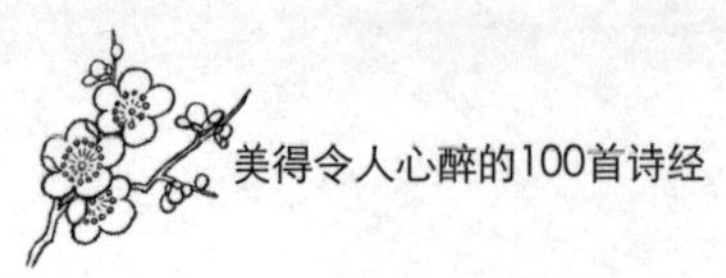

求而不得最痛苦

《周南·关雎》

关关雎鸠[1]，在河之洲。
窈窕淑女，君子好逑[2]。
参差荇菜[3]，左右流之。
窈窕淑女，寤寐[4]求之。
求之不得，寤寐思服。
悠哉悠哉，辗转反侧。
参差荇菜，左右采之。
窈窕淑女，琴瑟友之。
参差荇菜，左右芼[5]之。
窈窕淑女，钟鼓乐之。

【注释】

①关关：鸟鸣之声。雎（jū）鸠：一种水鸟的名字。

②逑（qiú）：同“仇”，配偶。

③荇（xìng）菜：一种可以食用的水生植物。

④寤（wù）：醒来。寐（mèi）：入睡。

⑤芼（mào）：择取。

雎鸠悦耳鸣叫，荇菜茂盛生长，先秦的古朴醇厚在清丽天然的民歌中渐次显露，古韵盎然的曲调便如一首娓娓动听的天籁之音，绕云而来。

在清脆盈耳的和鸣声中，不经意间就跨越了两千多年的历史，来到这片长满荇菜的沙洲，观望到淑女与君子之间绵绵的爱情。

“关关雎鸠，在河之洲。”雎鸠和鸣，河水微澜，古朴单纯的情愫就以这样的暖色调渐渐氤氲开来。风中曳荡着翠绿如墨的柳条，地上盛开灼灼欲燃的花朵，在这一派生动的景象之中，君子却孤身一人，这让他如何忍受。

他在河岸之上辗转徘徊，听雎鸠在斑驳光影之中不停欢唱。密密麻麻的荇菜如翠玉凝成，青青成荫，它们的茎须在流水的冲刷下参差不齐，涟漪缠绵，叶片如指甲大小，阳光落在上面闪烁着动人的光泽。他看到那个采荇菜的姑娘穿着和荇菜一样色泽的罗布裙子，阳光照在她身上，游弋着微甜的气息。

美丽清纯的姑娘已经闯进他的心怀，让他在夜深的时候，辗转反侧不能入眠——满脑子都是她笑语翩跹的模样，却没有办法接近她。有人说人生最痛苦的事就是求而不得，挚爱的东西无法得到，这怎能不痛苦呢？美从来都是理想化的东西，我们追求它却永远得不到它，所以才生出愁绪。美天生就带了一份哀愁。

《关雎》爱情的美妙，不仅美在窈窕，美在寤寐思服、辗转反侧的相思想念，美在琴瑟友之、钟鼓乐之的希望，更美在最初那份在河之洲、左右流之的“求之不得”。有了这段“不得”，整首诗才更显鲜活丰富。也正是这份“不可得”，才能让诗中那个窈窕的姑娘，带着先秦的古朴与浪漫，和着水鸟的鸣叫与水草的鲜绿，走过秦时的明月汉时的关，唐朝的诗歌宋朝的词，明代的长河落日清代的小桥雨巷，走过每一个清晨的细雨与黄昏的飞雪，一直走进每一个华夏子孙的心中，久历光阴的雕蚀，依旧纯美如初。

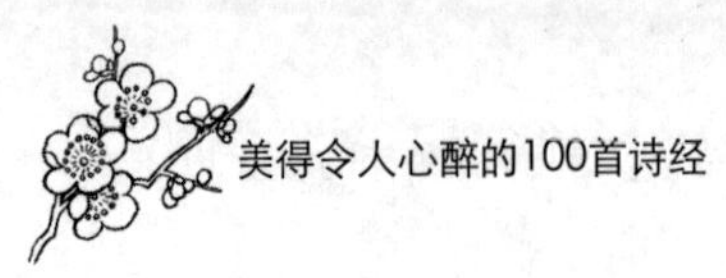

一个人的风花雪月

《周南·汉广》

南有乔木，不可休思。
汉有游女，不可求思。
汉之广矣，不可泳思。
江之永矣，不可方思。
翘翘错薪[①]，言刈其楚[②]。
之子于归[③]，言秣[④]其马。
汉之广矣，不可泳思。
江之永矣，不可方思。
翘翘错薪，言刈其蒌[⑤]。
之子于归，言秣其驹。
汉之广矣，不可泳思。
江之永矣，不可方思。

【注释】

①翘翘：高出。错薪：丛丛杂生的柴草。

②刈（yì）：割。楚：荆树。

③于归：女子出嫁。

④秣（mò）：用谷草喂马。

⑤蒌（lóu）：蒌蒿，也叫白蒿，一种生在水边的草。

“南有乔木，不可休思。汉有游女，不可求思。”《汉广》开头四句，便将故事尘埃落定：南方有高大的乔木，却不能够在它下面歇息；汉水边有心仪的女子，却不能够追求。这是一个求而不得的故事：樵夫对汉水边的女子满怀炽热的爱恋，却只能用静默无声的姿态，将汹涌不息的深爱化作平静无波的心湖。

年轻的樵夫徘徊在汉水河畔，将目光投向广阔无垠的汉水，一遍遍对水兴叹。隔着一条并不浩荡的江水，可见而不可求，如同隔着爱情世界里最遥远的距离。这距离或许是身份的鸿沟，不可逾越，或许是种种现实的牵绊，无从挣脱，他思念着心仪的女子，如此心甘情愿，却也同样清醒地知道，这份爱不可说，不必说，多说无益。

这是一个人的单相思，是一个人的风花雪月，就像夏天青色藤蔓上开出的淡雅花朵，虽然模糊单薄，却也像雨后屋窗里点亮的一盏烛火，忧伤而动人。

心怀永不可宣之于口的暗恋，如同踏上一条寂无人迹的路，冷暖自知。然而单相思者往往也最是痴情，对自己钟爱的对象，痴心相爱，海枯石烂心也不变。所以樵夫只是叹息，却没有愤怒，也没有觉得委屈，他只是平静内心，继续自己的平淡生活，“翘翘错薪，言刈其楚，之子于归，言秣其马”，劈柴、喂马，进行着日常的事务，只不过这一次，他喂的马是要送这个女子出嫁，但他还是如往常一样平静，有条不紊。

静默何尝不是更为惊天的告白，在无从实现的感情面前，沉默的爱慕与祝福远比声嘶力竭的倾诉更显情愫的温暖美好。无所谓获得，这种无声的爱融化了失落，成为记忆，被珍藏在内心的柔软角落，留出来一方天地，在某些时刻呼啸而出，悄然盛放，含着微笑与安详。

失去的另一种说法是得到，因为放弃，也得到了某种永恒。若相思太苦，相爱太难，那就不如将爱藏于心底，让这种没有说出口的相思维持最初的纯真，在虚幻中保持一份难言的美丽和幸福，同《汉广》中水边的樵夫一样，深埋心底的情愫，便是永恒的希望，这种爱慕，也化作一种美丽的心念，流传千年。

如花美眷，似水流年

《召南·摽有梅》

摽[①]有梅，其实七兮。
求我庶士，迨其吉兮[②]。
摽有梅，其实三兮。
求我庶士，迨其今兮。
摽有梅，顷筐塈[③]之。
求我庶士，迨其谓之。

【注释】

①摽（biào）：坠落。

②迨（dài）：及。吉：好日子。

③顷筐：簸箕。塈（jì）：一说取，一说给。

暮春时节，杨梅成熟，有风吹过来的时候，小梅子不时掉落枝头。路旁一位姑娘见此情景，敏锐的内心感触到青春无价。眼看时光流逝得太快太无情，她想到自己依然婚嫁无期，便有了这首诗歌。

女孩子可爱伶俐，她慨叹梅子纷纷落地，又期盼趁着吉时，有合乎心意的男子来向她求爱，好似把自己比作杨梅，请小伙子们来采摘。然而随着梅子树上的果实渐渐掉落，大好的青春逐渐凋零，身边的闺中密友也陆续出嫁，女子的心情有点急切了，于是接下来唱出的数目就变少了：由“七”减到“三”——树上的梅子只剩下三成了，小伙子呀，要来下聘礼的话就在今日，要是你不下，明天人家来迎娶了也说不定，到那时你后悔可就来不及啦。

女子确实有些急切了，梅子落地，青春太容易失去了。罗丹就说，真正的青春，贞洁的妙龄的青春，全身充满了新鲜血液，体态轻盈而不可侵犯的青春，这个时期只有几个月。眼看婚期将尽，女子怎能不急？

或许是对方不喜欢她，或许是他傻乎乎地不明事理，听了女子的进一步表白还是没有一点反应，女子只好使出自己的撒手锏——放下矜持身段，拿出勇气，说道：“小伙子，你别走，和我来说几句话，看看我们合适不？合适就嫁给你了。”如此直白的话语，真是道尽了女子的急迫与无奈：岁月无情，人生苦短，她不愿错过了此生最好的青春年华，空留悔恨和叹惋。

《牡丹亭》中的杜丽娘，青春守空闺，无奈于“如花美眷，似水流年”；《红楼梦》中的黛玉，亦有一曲《葬花吟》，以漫天飞舞的落花为引，叹息“一朝春尽红颜老，花落人亡两不知”。青春实在是一本太仓促的书，翻过去了就不能再回头，既然如此，何不倾尽青春，换一晌欢娱？哪怕姿态不那么矜持，情意的表达不那么婉转浪漫，也好过失落了璀璨华年，辜负了青春的盛景，在荒凉的余生里徒然祭奠追之不及的时光。

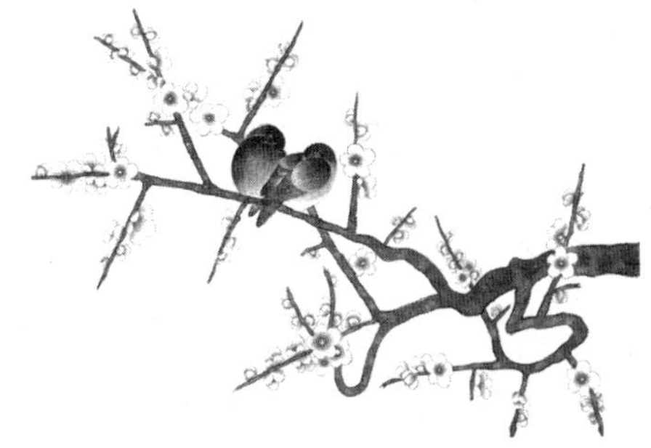

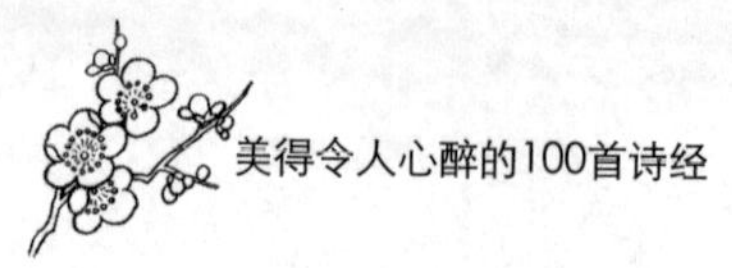

你刚好来，不迟不早

《郑风·野有蔓草》

野有蔓[1]草，零露漙兮[2]。
有美一人，清扬婉兮。
邂逅相遇，适我愿兮。
野有蔓草，零露瀼瀼[3]。
有美一人，婉如清扬。
邂逅相遇，与子偕臧[4]。

【注释】

①蔓（wàn）：蔓延生长的草。

②零：降落。漙（tuán）：形容露水很多。

③瀼（ráng）：形容露水很浓。

④臧：通“藏”，藏匿。

蔓草青青，白露未晞，男子信步郊野，希望与一位姑娘相遇，姑娘美目流盼，天地生辉。男子要的是“邂逅相遇”，渴盼遇见一个真正的知己。这位知己会不迟不早地出现。正如张爱玲说的那样：“于千万人之中，遇见你要遇见的人。于千万年之中，时间无涯的荒野里，没有早一步，也没有迟一步，恰好遇见了。”这就是男子的梦想。

自古以来，遇见知己，在文人情怀中就是一个永恒的主题，辛弃疾希望在灯火阑珊处遇见蓦然回首的惊喜；戴望舒希望在悠长又寂寥的雨巷里遇见丁香一样忧愁的姑娘；还有《古诗十九首·西北有高楼》里的那个没有留下名字的女子，她希望在高楼之上，借着琴声，遇见一个真正懂得她的人。《红楼梦》中黛玉也有一座自己的高楼，等着宝玉走到最高处。

只可惜，这些希望和渴盼都镌刻着苦求不得的怅惘和悲哀，茫茫人海之中，有几人能懂得那琴声，又有几人能够真正走到楼阁深处。《野有蔓草》却没有这般“但伤知音稀”的惆怅，男子只是在清晨的野外，在那一片新鲜而又岑寂的雾气里，与终生企盼的人不期而遇。

这场相遇是突如其来的，然而又十足的美好：遍野的青草一直蔓延到视线尽头，清晨的露珠依偎在嫩绿的叶子上，阳光打在上面折射出七彩光芒。在如碧浪一般的野草地里，有位倾国倾城的佳人，美好天成，眉目流转间，情思万种。她清纯安静，就像一条清澈的小河，缓缓地、清凉地穿过人的心扉。三生石，前生缘，从那电光火石般的秋波流转，便知道她就是男子今生所愿。

男子并没有似《关雎》那些具体的切盼：“窈窕淑女，琴瑟友之……窈窕淑女，钟鼓乐之”，只是“邂逅相遇，与子偕臧”，以最美好的自己，遇见一个美好的人，凝视的第一眼就知道彼此心意，随后携手进入密林，度过如同午日阳光般绚烂的时刻。诗歌就此停笔，也停住了时间，让意境停留在了这幸福的一刻。

爱情在懵懂的青春里萌芽

《郑风·溱洧》

溱与洧[1]，方涣涣兮。
士与女，方秉蕳[2]兮。
女曰："观乎？"
士曰："既且[3]，且往观乎？"
洧之外，洵訏[4]且乐。
维士与女，伊其相谑，赠之以勺药。
溱与洧，浏[5]其清矣。
士与女，殷其盈矣。
女曰："观乎？"
士曰："既且，且往观乎？"
洧之外，洵訏且乐。
维士与女，伊其将[6]谑，赠之以勺药。

【注释】

①溱（zhēn）、洧（wěi）：郑国二水名。

②秉：执。蕳（jiān）：一种兰草。

③且（cú）：同"徂"，去，往。

④訏（xū）：广阔。

⑤浏：水深而清之状。

⑥将：即"相"。

溱河和洧水是两条诗歌之河，《诗经》的源起，《桧风》的悲悯之思、《郑风》的浪漫之情都与这两条河有着千丝万缕的联系。溱河和洧水更是两条浪漫的爱情之河，这里是伏羲女娲滚磨成亲之谷，是郑国男女相遇游会、谈情说爱之地，也是梁山伯祝英台化蝶之所，一曲曲凄美动人的爱情颂歌在这里日夜奔流跳荡。

溱河和洧水承载了中华文明的多少动人传说，而《溱洧》描写的正是三月三日上巳节，青年男女在溱洧水畔游春相会，互结同心的妙景。

春日初到，长河化冰，溱水洧水带着春的气息汩汩流淌，一会儿就涨满了沙洲。而沙洲之上，处处可见到穿着春装的青年小伙和姑娘，各个手拿清香的兰花。姑娘对着小伙道：“我们一起去洧水边游春吧！”小伙子乐呵呵：“虽然我曾去游玩过，也不妨再去走一走！”

溱河洧水两岸鲜花满地，手拿芍药花的少男少女在尽情嬉戏。《溱洧》这幅欢乐无比的游春图，让人恍如回到了那个几乎消失无踪的先秦上巳节，我们似乎可以从中听到鲜艳的芍药花瓣开出的爱之声：“维士与女，伊其将谑，赠之以勺药。”

古时的爱情之花为什么是芍药？《本草纲目》中记载芍药：“犹婥约也。婥约，美好貌。此草花容婥约，故以为名。”“芍药”读起来是“着约”的谐音，也就是守约、赴约的意思，三月春来，芍药如期开放，就像爱情刚开始的时候，你我相约黄昏柳后，不见不散；又如爱情初生的时刻，那一场早已注定的花盛时的绚丽相逢。

这样一场繁花似锦的相逢，正似此诗入笔的那一句：“溱与洧，方涣涣兮。”仿佛听到点醒春光的一声声虫唱；看到点亮春日的一颗芽孢、点破春水的一剪燕尾、点染春风的一滴清露。而爱情就这样从漫漫冬眠中缓缓苏醒，在懵懂的青春里抽芽生长。

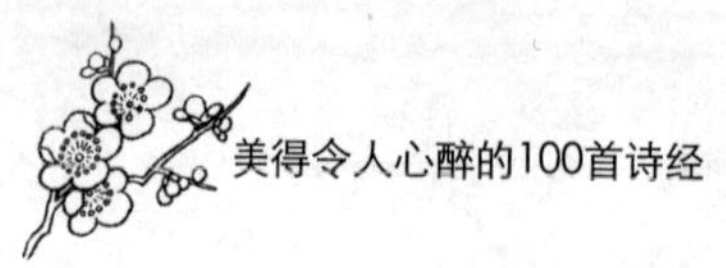

良辰好景妙不可言

《唐风·绸缪》

绸缪[①]束薪，三星[②]在天。
今夕何夕，见此良人？
子兮子兮，如此良人何？
绸缪束刍[③]，三星在隅。
今夕何夕，见此邂逅？
子兮子兮，如此邂逅何？
绸缪束楚，三星在户。
今夕何夕，见此粲[④]者？
子兮子兮，如此粲者何？

【注释】

①绸缪（móu）：缠绕，捆束。

②三星：即参星。

③刍（chú）：喂牲口的青草。

④粲（càn）：漂亮的人，此处指新娘。

在春秋时期，婚礼都是在傍晚举行，这边日照将残，那边三两小星已然闪烁，新郎与新娘就是在这样缱绻柔和、如幻如梦的光景下初次相见：

柴草捆得再紧些吧，那三星高高地挂在天上。今天是什么日子呀？让我遇见这么好的人。你呀你呀，这样的好，让我该怎么办呀？

柴草捆得再紧些吧，那三星正在东南角闪烁。今天是什么日子呀？让我看见如此的良辰美景呀。你呀你呀，这样好的良辰美景，让我该怎么办呀？

柴草捆得再紧些吧，那三星高高地挂在门户之上。今天是什么日子呀？让我看见如此灿烂的人呀。你呀你呀，这样的美丽，让我该怎么办呀？

从前的旧式婚姻都是父母之命、媒妁之言，即将成为夫妻的二人在红盖头掀起前是不得见面的。所以红盖头掀起后的命运究竟如何，是个忐忑的未知。这未知曾经造就了多少不幸的命运，然而《绸缪》中的男女显然是幸运的，故而才会唱出这曲欢歌，让看到的人、听到的人都对生命中这种不期的遇合有了美好的期待。

今夕何夕？见此良人。在良辰好景的新婚之夜，逢着美丽的意中人，像是一个妙不可言、喜不自胜的意外，让人高兴得简直不知怎样才好。无怪乎扬之水在《诗经别裁》里将“今夕何夕”四字解说得极美：“四个字藏却所有的事与情，只好说它是晶莹剔透。它的晶莹使人看见一切的映像，它的剔透又使这映像曲折于千转百回之中。”

所谓遇者，便是这般不期而会。不知何时何地，以何种方式，遇见冥冥中早已注定的那个人。世间的相遇都是神明的摄理、星命的佳会，纵使你万水千山游荡，那人也定会从相反的方向，不期然地来到面前。你要做的只是绽放出绝美的微笑，紧紧拉住他的手。

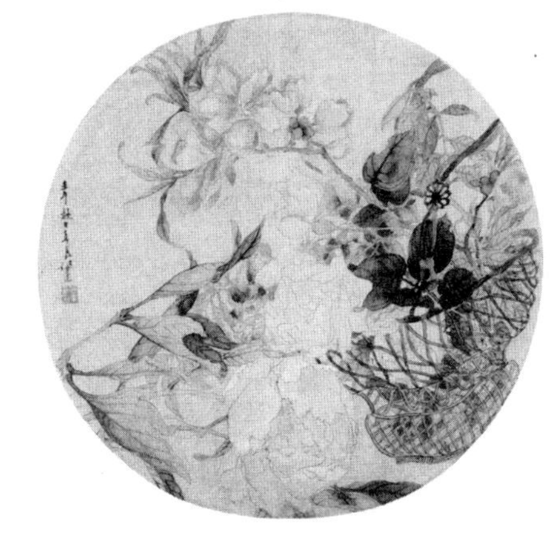

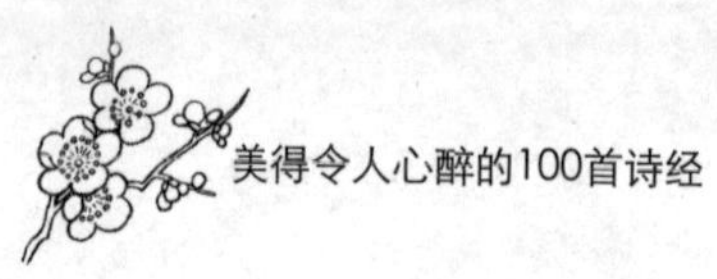

只轻轻一瞥，便令人如饮风月

《小雅·裳裳者华》

裳裳者华，其叶湑[①]兮。
我觏[②]之子，我心写[③]兮。
我心写兮，是以有誉[④]处兮。
裳裳者华，芸其黄矣。
我觏之子，维其有章矣。
维其有章矣，是以有庆矣。
裳裳者华，或黄或白。
我觏之子，乘其四骆。
乘其四骆，六辔沃若。
左之左之，君子宜之。
右之右之，君子有之。
维其有之，是以似[⑤]之。

【注释】

①湑（xǔ）：茂盛的样子。

②觏（gòu）：遇见。

③写：通“泻”，心情舒畅。

④誉：通“豫”，安乐。

⑤似：嗣，继承祖宗功业。

有些人的特别，不在于他的身份或者地位，而只是在于一眼看到他时，心中难以忽视的欢快——我觏之子，我心写兮。

几千年前就有人吟唱着这样的诗句，翘首等待着心目中理想的君子路过。这种浪漫完全可以媲美席慕蓉笔下那棵痴情的、开着花的树，一树的娇羞与温柔，想着要去换一眼相遇时候的回眸。

《诗经》里关于爱情的诗句有很多，“窈窕淑女，君子好逑”“汉有游女，不可求思”“所谓伊人，在水一方”，无不美丽迷离，但是这首干净、纯粹的《裳裳者华》却让人体验到如沐春风的欢快。无法考究诗人是什么样的身份，甚至连是男是女都无从判断，我们只是随着诗人期盼之人的出现而欢喜，就像阴云密布的时刻突然被太阳温暖，寒风彻骨的时候蓦地沐浴在五月的阳光下。

他穿着有纹章的衣服，坐着四匹马拉着的高大马车，英姿飒爽，游刃有余，就这样从诗人的身边经过，只轻轻一瞥，便令人如饮风月。

所以，诗人用“裳裳者华”四字来比拟心目中的君子形象，那色彩浓艳、花叶繁茂的盛景，是君子的风姿，亦是与君子相遇时，诗人心中盛开的美景。无论是“其叶湑兮”或是“芸其黄矣”，皆是借花喻人，仿佛只有如此美好、丰硕、鲜艳的“物”，才堪比这般服骑华美、德才兼备的“人”。

然而，他的华美毕竟只是外在，而在诗人的心底，“我觏之子”最特别之处却是他的内在，是一种说不清、道不明的气质和风度——只是在人海之中多看了他一眼，就有了如此的欢悦和欣喜，有些人，真是不需要姿态也能成就一场惊鸿。

“左之左之，君子宜之。右之右之，君子有之”，对君子的夸赞至此已是极致。清代的方玉润读到最后时也觉有趣，他在《诗经原始》里就说道：“末章似歌非歌，似谣非谣，理莹笔妙，自是名言，足垂不朽。”最末一章跟随着诗人的想象所见和脑中印象把诗歌推向了高潮，结束了之前稚气、轻快的痴

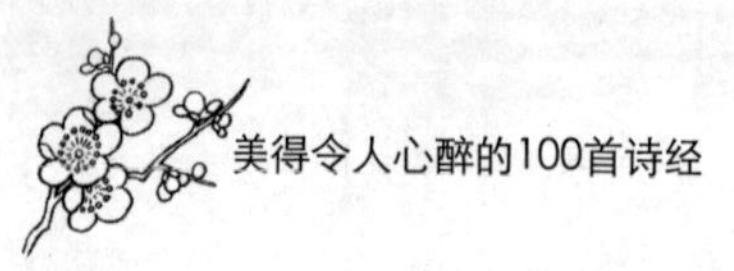

心人魂不守舍的吟唱，诗到这里断弦而止，让这首美妙的小雅之乐绕梁三日。

不可动摇的相守

《小雅·菁菁者莪》

菁菁者莪①，在彼中阿②。
既见君子，乐且有仪。
菁菁者莪，在彼中沚。
既见君子，我心则喜。
菁菁者莪，在彼中陵。
既见君子，锡我百朋③。
泛泛杨舟，载沉载浮。
既见君子，我心则休④。

【注释】

①菁（jīng）菁：草木茂盛。莪：莪蒿，一种可吃的野草。

②阿：山坳。

③锡：同“赐”。朋：上古以贝壳为货币，十贝为朋。

④休：喜。

诗以莪蒿兴起全文，茂盛的莪蒿，无论是在山坳、小洲还是在丘陵，一丛丛、一簇簇、一蓬蓬地生长，都会催生出爱情的枝丫。

菁菁的莪蒿见证了两个人的感情由无到有，由淡到浓的过程。犹记得，初次与君相见，山坳里莪蒿遍地，生命的萌动无处不在，只见他面容淡然而从容，仪态大方而镇定。那最初的心的震颤，被青春的羞涩所遮掩。但那油然而生的欢喜，却无论如何也无法掩饰。

第二次，又一次在小洲见到他。莪蒿疯长，如同内心的情绪，丝丝缕缕。受制于正统的礼教，不敢有非分的想法，但心里慢慢地开出了高兴的花。无比的快乐，从未有的憧憬，都是来自有心无心的一瞥。

第三次与他相见，是来自他的召唤。在那丘陵上，内心跟着他的步伐起伏，没有太多的言辞，这面对面的快乐，远远超出了他赠送贝壳所带来的快乐。

在感情最浓烈的时候，小别让人如坐针毡。一别之后，两地相思。你可见那杨木的船儿，飘飘荡荡、沉沉浮浮。其实，杨木船和我何干，小舟于我又有何意？不过是别后的心情因为有了这份思念，再也无法平静。正想要“万般无奈把君怨”时，却不料心中的他款步迎来，驱散了所有的怨气。

无论时空怎么转换，“我”见到君子时兴奋的心情依旧，洋洋洒洒的山盟海誓，顶不上一句“既见君子，我心则休”。

诗歌的故事非常简单，写出了两个人几次见面的心情。短短几句，爱情的故事留在了纸上，没有“蒹葭苍苍”的缥缈不可及，没有水汽弥漫的空灵旷远，没有过多的呢呢哝哝，只有朴实可感的爱恋，以及相遇相见的欢快愉悦。其中的感情自然有起伏有波荡，但波荡起伏中又有着关于相守的不可动摇的决心。

他站在面前，美景便黯然失色

《郑风·山有扶苏》

山有扶苏①，隰有荷华②。
不见子都③，乃见狂且④。
山有桥⑤松，隰有游龙⑥，
不见子充⑦，乃见狡童⑧。

【注释】

①扶苏：树木名。

②隰（xí）：洼地。华：同“花”。

③子都：古代美男子。

④狂：狂妄的人。且（jū）：助词。

⑤桥：通“乔”，高大。

⑥游龙：水草名。即水荭、红蓼。

⑦子充：古代良人名。

⑧狡童：狡狯的少年。

山中扶苏与高大松木，低谷清荷与艳丽红蓼，若在这样的绝美意境中与心爱之人幽会，不知是怎样的赏心悦目，欣喜美好。“山有扶苏，隰有荷华”“山有桥松，隰有游龙”，只是一场幽会的背景，却喧宾夺主地成就了爱情里最美的风华。

在有山有水、有花有树的地方，女子正等着心上人来赴约。未知的等待尽管写满了焦躁，却也充溢着难言的惊喜。当恋人在盛放的清荷红蓼旁经过，从高大的扶苏与松木间走来，站在她面前微笑，那一刻，她的内心当如初绽的白莲，让周身的空气都漫开幽香。可是待她一开口，言语间却褪去了如水的温柔，只余下俏生生的嗔怪："我等了许久，没有等来子都那样的美男，子充那样的良人，却等来了你这个狂妄、狡猾之徒！"

这分明是一对热恋中的男女在调情骂俏的场面。女主人公定是个生性好强却不失情调的年轻姑娘，因等不见心上人来赴约，心生焦急与不满。最后恋人终于到来，姑娘心里欣喜，嘴里却骂他是狂妄之徒、狡狯少年。这种俏骂，把小儿女热恋时的情态刻画得入木三分。

在她心里，心上人未必就不如子都、子充那样的良人，即或没有他们那样的容貌、修养，即或心上人真的只是一个狂徒，也总是她心中所爱。他站在面前，所有的美景便黯然失色，身外的万千繁华便尽数成了背景。有他的故事，怎样的结局都是好的。若非如此，她不会把一颗心都放在他身上，不会在他面前流露出这样的女儿情态。"狂"与"狡"并不是褒义词，但也不是真正的贬低，故意戏谑所爱的人，何尝不是诗中女子在对心上人撒娇呢。

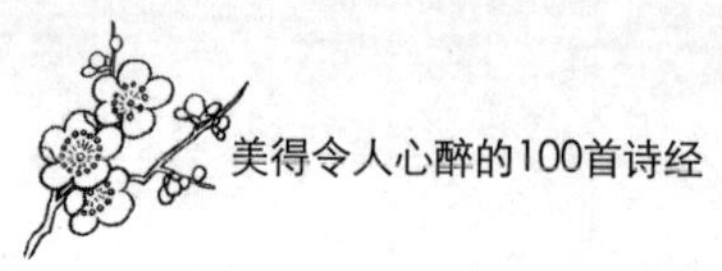

斯人独憔悴，只为他一人

《卫风·有狐》

有狐绥绥[1]，在彼淇梁[2]。
心之忧矣，之子无裳。
有狐绥绥，在彼淇厉[3]。
心之忧矣，之子无带。
有狐绥绥，在彼淇侧。
心之忧矣，之子无服。

【注释】

①绥绥（suí）：独行求匹貌。

②梁：桥。

③厉：水深及腰，可以涉过之处。

写男思女爱、撩人心意的诗歌，在《诗经》中不占少数，多半都是你情我愿或你不情我不愿之类的文字。时时刻刻的缱绻眷恋是最让人心疼的爱恋，特别是在那个淳朴简洁的时代。

天空浩渺，虫儿和鸣，你追我赶得让人心生艳羡。到底爱情的本初，是怎样的一种颜色？是否单纯得清澈见底，毫无杂质？从这首《有狐》中，大概可以窥得一二。

在许多文字底下，爱情总是戴着优美的面具，被装扮成世界上最令人向往的圣物，让所有人都为其沉醉。但在这里，爱情褪去了一切熠熠的光辉，朴素得就像手头的一双竹筷，无华无彩。

有只狐狸在独行求偶，在那淇水边的桥上。内心充满忧愁，生怕那人没有衣裳穿。

有只狐狸在独行求偶，在那淇水所能够波及的地方。内心充满忧愁，只怕那人没有带足衣物。

有只狐狸在独行求偶，在那淇水的岸边。内心充满忧虑，只怕那人的衣衫不够。

斯人独憔悴，却只为他一人。

《诗经》中多的是这一类诗，分明是相同的诗意，却定要反复吟唱两遍、三遍，仿佛不如此，就不足以表达心中呼之欲出、欲语还休的深切情怀。

往昔的夫子们读这首《有狐》，或说是齐桓公思恤卫国遗民，或说是悯伤孤贫，总要牵强附会。若抛去夫子们的一本正经来读此诗，不过就是一个在战乱之中失去丈夫的女子，偶遇一位鳏夫，对他生出了爱慕之情。

女子的爱慕之情是如此纯粹，以至于她只是爱着，便生出了满怀忧愁。她担心仅仅只是爱，尚不足以抵挡如刀流年，也

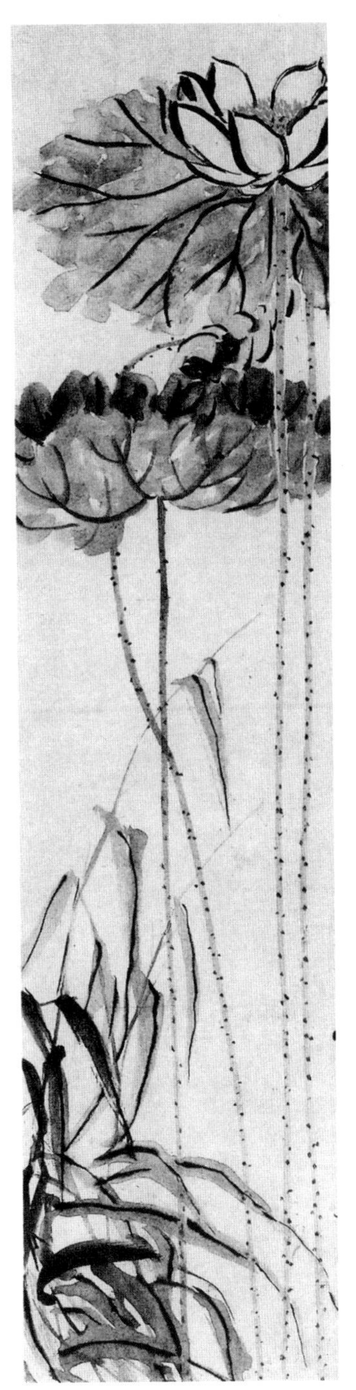

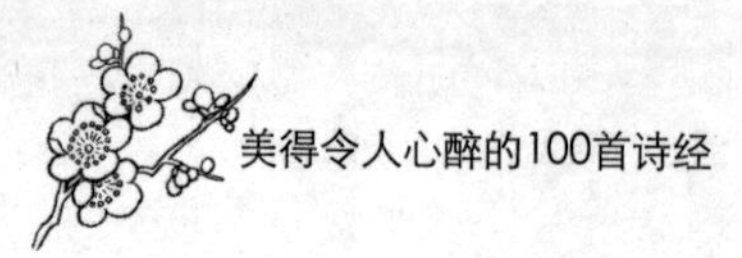

不足以承接现实的伤害；她还忧心自己的爱翻越不了人言的峭壁，跋涉不过流言的汪洋。只是到最后，女子什么也没说，没有甜言蜜语，没有大胆的爱意表达，她只是反复提及鳏夫是否有衣裳穿，简简单单的一声担忧，却道出了最真的爱意。

卷二　那些岁月，是我爱的风景

写爱情，又何须涉及“爱”这个字眼？正如爱情本身的丰厚与深刻，也并非“我爱你”“你爱我”几字可以囊括。

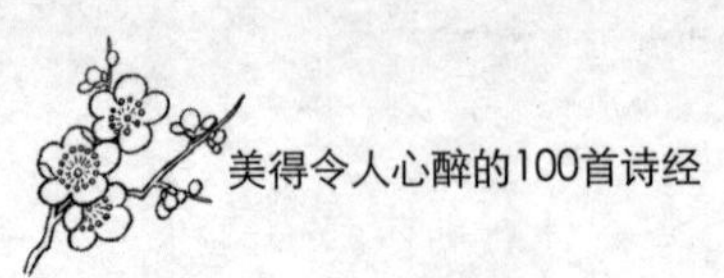

桃花开了，美得灼人眼眸

《周南·桃夭》

桃之夭夭[①]，灼灼其华。
之子于归，宜其室家。
桃之夭夭，有蕡[②]其实。
之子于归，宜其家室。
桃之夭夭，其叶蓁蓁[③]。
之子于归，宜其家人。

【注释】

①夭夭：花朵怒放的样子。

②蕡（fén）：肥大。

③蓁（zhēn）：叶子茂盛的样子。

都说女人如花，有的女人热情似火，恰似四月奔放的杜鹃；有的女人温馨安谧，一如静静绽放的百合；有的女人知性温婉，需要静心细嗅才能品出梅花般的芳香……而即将出嫁的女子，唯有一树明艳桃花，方可比拟。

“桃之夭夭，灼灼其华”。未读其诗，先闻其句。河岸边，一树一树的桃花盛开，犹如翩跹的精灵降临，仿如少女明媚的模样。“灼灼”二字，真给人以照眼欲明的感觉，好似出嫁少女的青春芳华，在春日纤丽纯净的气息里于刹那间盛放到极致，眩惑了所有人的耳目。

许多爱情诗歌都充满惘然惆怅，薄命红颜一般，但是《桃夭》的欢快喜庆让人不由自主地受到感染，或许，每一个女子都憧憬着自己成为新娘子的那一刻，在桃花盛开的季节里，在浪漫无比的情景下，和最深爱的人享受一生的美满幸福，执子之手，与子偕老。

在春天复苏的时候，桃花开了，美得灼人眼眸，四溢芳香，花蕊之中深藏着未来的果实。无论是初生的桃花，还是日后结出的果实，桃其实就像一个女子，豆蔻年华，秀发被撩起来挽于头顶，婀娜的身影有了诱人的魅力，嫩白的脸颊也闪耀起动人的光泽。这样夺人心魄的美，自然应当为了她最爱的那个人绽放。

一个女人在她最美的时候出嫁，让那个要娶她的男子不惜翻山越岭，不惧迢迢前路，把自己的命运同她牵系在一起，如此才不辜负这灼灼的青春韶华。

一世欢颜，只为一人绽放。她不一定有倾国倾城色，但在爱情的滋润下，她是真正美丽的，只有枝头鲜艳的桃花堪比。当这桩美满的婚姻瓜熟蒂落之后，女子带着美好的祝福开始新的生活。从此以后，她将成为贤妻，成为慈母，好比从鲜艳的桃花变作成熟的桃子，绿叶变成荫子满枝，不管岁月如何流逝，生命也依然在绽放。

好景共赏，不言离弃

《周南·樛木》

南有樛木①，葛藟累②之。
乐只君子，福履绥③之。
南有樛木，葛藟荒④之。
乐只君子，福履将⑤之。

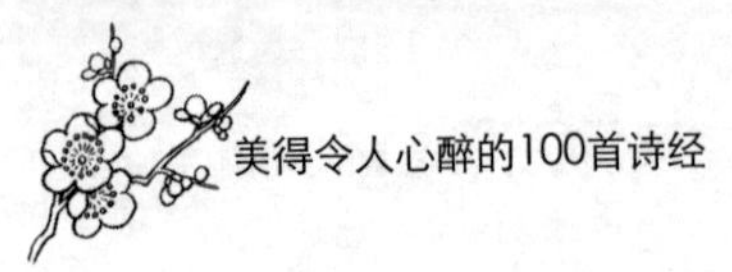

南有樛木，葛藟萦之。

乐只君子，福履成之。

【注释】

①樛（jiū）木：弯曲的树。

②葛藟（lěi）：葛和藟都是蔓生植物。累（léi）：攀缘。

③福履：福禄，幸福。绥（suí）：安乐。

④荒：覆盖，遮掩。

⑤将：一说“扶助”；一说“大”。

天地初立的年代，人心尚且干净纯粹，蓬勃鲜活，世间万物都不曾隔绝于身外，原野山河、草虫莪蒿、万物盛衰，无不融合着人心的悲喜、生命的忧乐。用来表情达意，唱诵成诗，便是一曲曲唱响山河、吟遍草木的性灵之歌，勾勒出人世间所有的喜怒哀乐、情痴爱恨。

若非如此，枝条弯曲的樛木和攀爬而上的葛藟，怎可喻指高大英俊的男子和恬静温婉的女子，象征男女之间的和谐恩爱？一个即将迎娶新娘的年轻男子，就像生长在南方的樛木，等待着葛藟蔓生攀缘，成就一世不离不弃的情缘。如此美好的想象，也只有内心淳朴如初生的先民方可道出一二。

葛缠绕于木，好似温柔女子眷恋着翩翩君子。男子因女子的依赖而满心欢愉，他自豪于成为心爱之人的依靠，这种清纯的本色如同少女一见钟情时的欣喜与娇羞。在众人“南有樛木，葛藟累之。乐只君子，福履绥之”的反复吟唱和祝福中，他牵起了新娘的手，从此风雨共担，好景共赏，生生世世不言离弃。

新娘粉颊生辉，美目含情，含着一抹新嫁的娇羞，新郎则满心满眼的笑，幸福满足，目睹这般如桃花盛放，又如朗日晴空的情境，真是让人恨不得言尽所有美好的词汇来祝福君子良人：福禄安乐，幸福安康，岁月静美，此世安稳……婚礼之夜，亲友环绕，良辰好景醉人心肠，真心相爱的男女携手相伴，从此许诺终生的厮守，此情此景，确实当得起这般美好动人的祝愿。

唯愿爱情纯粹如斯：若是爱她，便跋涉命运的山水去牵起她的手，如同牵起一世的温柔和守候，终其一生所求，也不过是今生今世的幸福安乐。

芳心抚过少女的手心

《召南·采蘋》

于以采蘋[①]，南涧之滨。
于以采藻，于彼行潦[②]。
于以盛之，维筐及筥[③]。
于以湘[④]之，维锜及釜[⑤]。
于以奠之，宗室牖[⑥]下。
谁其尸[⑦]之，有齐[⑧]季女。

【注释】

①蘋：多年生水草，又名大萍，可食用。

②行潦（háng lǎo）：沟中积水。

③筥（jǔ）：圆形的筐。

④湘：烹，煮。

⑤锜（qí）：三足锅。釜（fǔ）：无足锅。

⑥牖（yǒu）：窗。

⑦尸：主持祭祀。

⑧齐（zhāi）：通“斋”，美好、恭敬。

浮萍这种植物因为无根，最容易让人想起漂泊，所以在历代诗人的笔下，它被冠以“飘萍”之名，言尽羁旅之人的愁思。可是很少人知道，在先秦最清澈的水中，它有多么碧绿可喜。

浮萍生于水中，长于水中，连根都在水中浸泡，因此被当作最干净、最纯洁之物，用作祭品以祭奠先人。而采集纯净萍藻的人又往往是至纯至真的待嫁少女。彼时，草木溪石，五谷农桑，春夏交替，一切都清新无比，世事在她的眼中还只是懵懂，她似一幅还未绣出的画，期待着未知的一切。

少女背着箩筐，跑到很远的山麓溪水滨和浅水畔采集萍藻。在远古清新的空气中，清澈的水中，美丽的季女弯腰采集，妖娆的青春荡开了水的涟漪。她采了那么多的水草，喜悦与欢愉在她的眉梢眼角展现。清碧的萍藻一如她初次绽放的芳心，带着新鲜欲滴的水露和青涩气息，安静地抚过少女的手心。

采回了萍藻，还需要烹之煮之，方能褪去青涩，留住芳醇的滋味。所以，她脚步轻盈地找来锅与釜，把采到的萍藻锅蒸釜煮。这个过程，似是在把一颗怦怦悸动的芳心慢慢熏蒸，之后只剩下沉稳，好让季女在嫁出去之后能够做一个笃定万方的新妇。

当祭品被调制好了，她开始小心地祷告，眼睑合上，手心相抵，如一头新生的小鹿，紧张而虔诚，纷乱的心盛满抑制不住的欢喜。采萍、盛之、湘之、奠之、尸之，一个至洁的待嫁少女完成了她生命中最重要的事，在这之后，她将成为这个季节中最耀眼的花，等待着被采摘。单纯的心，最能生出热烈的祈盼，待嫁少女的幸福快乐便是这般简单，好似美丽的花开遍了春日的原野。

两情相悦，是今生所求

《召南·野有死麇》

野有死麇[①]，白茅包之。
有女怀春，吉士诱之。
林有朴樕[②]，野有死鹿。
白茅纯束[③]，有女如玉。
舒而脱脱[④]兮，无感我帨[⑤]兮，无使尨[⑥]也吠。

【注释】

①麇（jūn）：獐子。

②朴樕（sù）：丛生的小型灌木。

③纯束：包裹。“纯”为“稇（kǔn）”的假借。

④脱脱（tuì）：动作文雅舒缓。

⑤感（hàn）：通“撼”，动摇的意思。帨（shuì）：佩巾，围裙。

⑥尨（máng）：多毛的狗。

人人皆说宋词浓婉香艳，字里行间点染红纱帐里香衾绣被间的隐秘情事，声色旖旎，惹人遐思，却不知早在先秦时代，男女相悦交合在山野间哔剥燃烧出来的火焰，已成就了诗歌源头最香艳的一抹色彩。

诗中大胆言明，男女于野外媾和，不是烟花巷陌、香闺花间的缱绻风情，而是茅草地里，树丛深处的生动情景。主人公“吉士”是幸运的男子，他出门打猎，弓箭刚刚拿出来，就收获了一头肥硕的死獐，更与一位怀春的窈窕女子不期而遇。

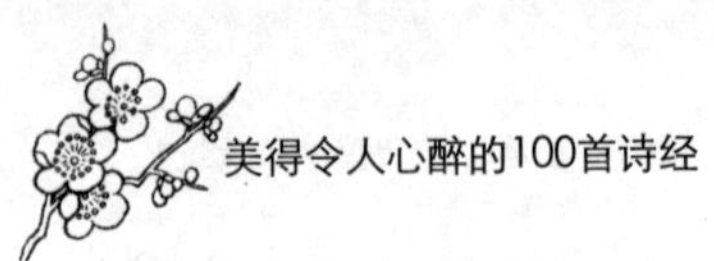

“有女怀春”，几千年前的诗人，不知是怀着怎样的感情创造出这样的词语。当一个女子怀着隐秘的心事寻觅中意的爱侣时，就像心中装满了春日的盎然生机，枝叶勃发，花树盛放，蓬勃地燃遍了整个青春华年。妙龄少女刚刚春心萌动，幻想着如梦如幻的爱情，一切都还新鲜得如在目前，还未化作岁月和记忆里不可触碰的尘埃，唯有万物初始之春堪与之比。

若这位怀春的女子还有如玉的容颜，那么接下来的男欢女爱便顺理成章了。幸运的吉士拉着怀春的女子，不顾一切往树林深处钻。少女虽然大胆，到底也还没有完全放下矜持，她不住地提醒“吉士”：温柔一点，别弄乱我的头发丝巾，轻点轻点，别惹得附近的狗儿乱叫，让别人看到了多不好……

只此几句，灵心慧口，风流满纸。如此生动的情景，那些经学家必然受不了。不过，用自然的眼光去看，这是多么美妙的“林静春山空，日出惊飞鸟”的意境。

两情相悦的世界，该是生命里最动人的画面。无论后人如何评说《野有死麕》，说它是艳情也好，斥它为淫诗也罢，都不能够泯灭先民自然纯真的爱情表达。尤其是怀春女子大胆率真、羞怯、健康和温暖的气息，更是美好得令所有的礼教道学都失了颜色。

此时此刻，有爱就够了

《鄘风 · 柏舟》

泛彼柏舟，在彼中河。
髧彼两髦①，实维我仪②。
之死矢靡它③！
母也天只，不谅④人只！
泛彼柏舟，在彼河侧。
髧彼两髦，实维我特⑤。
之死矢靡慝⑥！
母也天只，不谅人只！

【注释】

①髧（dàn）：头发下垂的样子。两髦（máo）：古代男子未行冠礼前，头发齐眉，分向两边的样式。

②仪：配偶。

③矢：誓。靡它：无二心。

④谅：相信。

⑤特：与上文的“仪”同义。

⑥慝（tè）：改变。

捷克小说家米兰·昆德拉说：“梦境是优美的，同时又是意味深长的。”而这一首上古时期翩跹而出的《柏舟》似乎美得已经足够的意味深长了。形容爱情，玫瑰太俗，美梦太假，只有一方小舟，便足够典雅。

并不宽泛的河面上，停泊着一只小舟，宛如爱情的风吹过，这只小舟迎风而动，却因为河畔的缆绳所牵制，无法随风而去，爱情不就是这样可遇而不可求，求得而无法得吗？

“泛彼柏舟，在彼中河。”古诗中围绕着“舟”的故事很多，而大多都有哀愁的意味，这首诗的意味也是如此，一个女子爱上一个男子，却得不到家里人的许可，于是她仰天悲号：“我的母亲我的天，为什么你不体谅女儿的心！除了他我谁都不要！不能和他在一起我宁愿去死！”

估计很少有女子能够说出这样惊天动地的话，即使先秦那时的民风再开放，说出这样响当当的誓言也并不多见。古礼要求人们恋爱、结婚都要遵循“父母之命、媒妁之言”，正如《南山》中所言：“取妻如之何？必告父母……取妻如之何？非媒不得。”虽然在《诗经》的年代，每年三月初三，仲春游会，允许青年男女自由相会，但若谈婚论嫁还是要经历媒人说媒、父母定聘送礼等重重礼节。

只是爱情的轰然来袭，怎能禁得住礼教的层层裹缚？爱就是要山河无尘、朗朗清清。如果有爱，就不要有其他，那些只会弄脏了爱。而爱中应该没有惧怕、没有功利、没有权衡、没有身家背景，当如洁白的罂粟花一般，美丽得让人沉溺、无法抗拒。倘若一开始就计算得清明、守护得周全，那便不能算是爱。《柏舟》中的女子，爱得坦坦荡荡，不管前途是否茫茫，未来是否恓惶，只知道，此时此刻，有爱就够了。

只是因为单纯的爱恋

《郑风·将仲子》

将仲子兮[1]，无踰我里[2]，无折我树杞。

岂敢爱[3]之，畏我父母。

仲可怀也，父母之言，亦可畏也。
将仲子兮，无踰我墙，无折我树桑。
岂敢爱之，畏我诸兄。
仲可怀也，诸兄之言，亦可畏也。
将仲子兮，无踰我园，无折我树檀。
岂敢爱之，畏人之多言。
仲可怀也，人之多言，亦可畏也。

【注释】

①将（qiāng）：愿，请。一说发语词。仲子：相当于称二哥。

②踰：翻越。里：邻里。古代二十五家为里。

③爱：吝惜。

故事要从他和她相识相恋说起，他们都是平凡人家的儿女，只是因为单纯的爱恋，却陷入了苦恋而不可得的境地，因为女子家人的反对，男子只得夜夜爬上女子家的墙头，偷偷来看望他日思夜想的爱人。

尽管当时的规定是：“中春之月，令会男女，于是时也，奔者不禁。”但是一过“中春”这个时间，再私自交往就要受到处罚，《孟子·滕文公下》中就说：“不待父母之命，媒妁之约，钻穴隙相窥，逾墙相从，则父母、国人皆贱之。”

但是爱情不会因为时间的限制而停止思念，反而会因为禁忌而显得愈发的躁动，诗中的男子为了见上女子一面，便不惜冒了可能摔伤、被女孩子父母兄弟发现辱骂毒打的危险，爬上了女孩家的墙头。女孩的反应如何呢？她正站在墙下，对她野蛮的恋人进行阻拦。

“我的小二哥啊，求求你，别翻越我家的门户，别折了

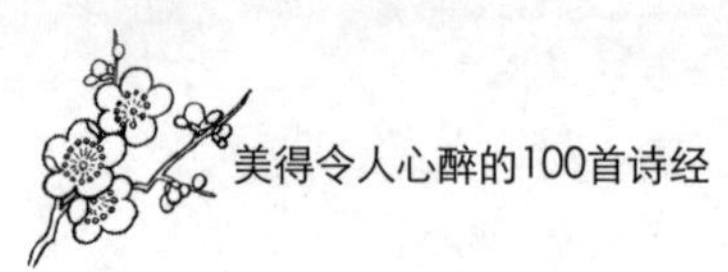

我种的杞树。哪是舍不得杞树啊，我是害怕我的父母。小二哥你实在让我牵挂，但父母兄长的叱骂也着实让我害怕。”

关于少女的这番规劝，既不哀怨也不缠绵，更不壮烈，只是在重复吟唱着一种人言可畏的无奈。但细细掂量女孩的温言软语，这番推拒和劝阻未尝不是一种绝妙的暗示。

“我的小二哥啊，你要留点儿神，不要随便翻越我家的门户，我种的那株杞树你可以当梯子爬下来，可千万不要折断了露了馅，要是父母发现可不得了。”

这不正是一张完整的爱情线路图吗？恋爱中的女子又想爱又有所顾忌的心情，以及男子为了爱不顾一切的“野蛮”，在《将仲子》中淋漓展现，恰似一幕古代版的青春偶像剧，惹出人心底的温柔情怀，将爱情的原始淳朴显现在世人面前，丝毫感觉不到淫秽，反而觉得至美。难怪说：“诗三百，一言以蔽之，曰思无邪。”

寻常生活里，珍贵的爱

《齐风 · 鸡鸣》

“鸡既鸣矣，朝既盈矣。”
“匪鸡则鸣，苍蝇之声。”
“东方明矣，朝既昌矣。”
“匪东方则明，月出之光。”
“虫飞薨薨①，甘与子同梦。”
“会且②归矣，无庶③予子憎。”

【注释】

①薨薨（hōng）：飞虫的振翅声。

②会：上朝。且：将。

③无庶：同“庶无”。庶：希望。

婚姻是一本偌大而漫长的书，若没有情趣陪伴，读的时间长了，再勤奋的人只怕也要麻木疲惫。所以说，善于从生活中找到情趣，才能保持婚姻生活的新鲜。《鸡鸣》中的男子可谓深谙此理。

天色已亮，缕缕阳光投射到屋子里面，妻子推着身旁的丈夫，告诉他公鸡已经开始报晓，言下之意自是催他起床。谁知丈夫睁开惺忪的眼睛向外看了一眼，便推脱说那不是鸡鸣，而是苍蝇在嗡嗡地叫。妻子无奈之下只能继续催促，东方已经泛起了鱼肚白，天大亮了呀，快点起床吧！面对妻子的催促，丈夫又使出了同样的招数，答道：“那不是东方的光亮，明明是月亮放出的皎洁之光。”

这时虫子从窗外飞来，嗡嗡作响，于是丈夫借题发挥：“虫子嗡嗡作响，咱们俩再睡一会儿吧。”妻子无奈之下，只好更紧地催他：“上朝的人都要散了，你快起来吧，再磨蹭下去岂不是让人憎恶？”

妻子的殷殷催促，丈夫的懒散推脱，这样的情境放在日常生活里自是寻常，然而写入诗里，却是十足的动人，夫妻之间的温情，婚姻生活的情致，便尽在这两句对话当中了。

钱锺书评这首《鸡鸣》，举西方经典戏剧作比：“作男女对答之词而饶情致……莎士比亚剧中写情人欢会，女曰：‘天尚未明，此夜莺啼，非云雀鸣也。’男曰：‘云雀报曙，东方云开透日矣。’女曰：‘此非晨光，乃流星耳。’可以比勘。”男女之爱的浪漫与情调，古今中外，概莫如是。

写爱情，又何须涉及“爱”这个字眼？正如爱情本身的丰

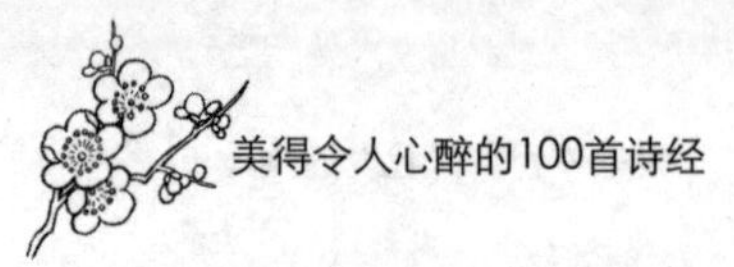

厚与深刻，也并非“我爱你”“你爱我”几字可以囊括。好的爱情，是要放进寻常生活里去历练、熏染、窖藏，才酿得出醇厚醉人的滋味。

如胶似漆，缠绵悱恻

《齐风·东方之日》

东方之日兮，彼姝[①]者子，在我室兮。
在我室兮，履我即[②]兮。
东方之月兮，彼姝者子，在我闼[③]兮。
在我闼兮，履我发[④]兮。

【注释】

①姝（shū）：貌美。

②履：放轻脚步。即：接近。

③闼（tà）：内门。

④发：走去，指蹑步相随。

宋玉《神女赋》形容神女之美：“其始来也，耀乎若白日初出照屋梁；其少进也，皎若明月舒其光。”曹植的《洛神赋》写洛神，亦形容其“仿佛兮若轻云之蔽月”“皎若太阳升朝霞”，都是将翩若惊鸿的女子比拟日月生辉。

女子青春华颜绽放的鲜妍美好，也唯有清晨初升的旭日，晚间刚起的新月堪作比拟，何况这美艳的女子又是心里念想了千遍万遍的梦中情人。都说“情人眼里出西施”，除了超脱凡俗、光耀万物的日月，还有什么俗物能够与自己的情人相提并论？

本诗中的男子，便是用这般喜不自胜的口吻说起自己热恋的女子：那美艳而温柔的情人啊，她既像朝阳一样艳丽而热烈，又像月光一样皎洁而恬静。他想到自己的情人充满柔情蜜意，那样大胆热切地追求他，主动来到他家中，和他一起尽情欢悦，就不由得感觉到满心的喜悦。

当男子对着朝阳和明月想念自己的情人，沉浸在甜蜜的回忆中时，他再也压抑不住自己的爱意，忍不住要将他们幽会的秘密说出来。“履我即兮”“履我发兮”，女子与他形影不离，相亲相爱，男子的心被爱情撩拨得激烈跳荡，只是回忆起幽会的情景，他便感到无上的幸福。

岂止是感到幸福，他简直要得意忘形了。为什么不呢？他的情人是这样的美丽，热烈大胆，又对他这样痴情，甚至愿意放下矜持和身段，投怀送抱，自荐枕席，来到他家中与他幽会。这首短诗，写尽了女人的可爱与生活的美好，还写出了男人的骄傲与自得，其中的如胶似漆，缠绵悱恻，外人又怎能体会得？

别致欣然，令人一见倾心

《魏风·汾沮洳》

彼汾沮洳[①]，言采其莫[②]。
彼其之子，美无度。
美无度，殊异乎公路[③]。
彼汾一方，言采其桑。
彼其之子，美如英。
美如英，殊异乎公行。

彼汾一曲，言采其藚[④]。
彼其之子，美如玉。
美如玉，殊异乎公族。

【注释】

①汾：汾水。沮洳（jù rù）：水边低湿的地方。

②莫：野菜名。

③公路：与下两章的“公行”和“公族”一样，都是官名。

④藚（xù）：即泽泻草，沼生草本植物。

明媚的晚春或火热的盛夏，一位在汾河岸边采野菜的姑娘，看到一个英俊的小伙子，顿生情愫，她对这位心仪的情郎越看越喜欢，不由得倾心爱慕。小伙子要走了，姑娘丝毫没有放弃，借口采蚕桑、泽泻，步步追赶、紧紧尾随。在心底，她将这位小伙子盘算了千万遍，拿他跟鲜花、玉石比量，认定了他像怒放的鲜花一般年轻清新，有美玉一般的光彩和德行，是无可比拟、无可挑剔的人。

想必是初见时的心动感觉太过强烈，以至于女子来不及整理好自己的思绪和心情，便已为他深深沉溺。那个心仪的男子是如此美好，好似一刹那便惊艳了她全部的青春时光。若非如此，何以女子会说他“殊异乎公路”“殊异乎公行”“殊异乎公族”呢：女子的意中人，不仅长相漂亮，气度脱俗，他在女子心目中的地位，是连“公路”“公行”“公族”这样的达官贵人也比不上的——就算他没有身家地位，也一样是女子头顶的天、心上的神。

诗中因提到了达官贵人，所以古时的学者读到此处，总说这首诗隐含着对当时贵族的讽刺，直到闻一多先生在《风诗类钞》中首先提出“这是女子思慕男子的诗”，才算真正切中了这首《汾沮洳》的主旨。试想一下，若不是发乎内心的思慕，又何须连用六个“美”字来表白心中的惊喜和爱恋？

谁说“美”只能用来形容女子的鲜妍容貌，若一个男子走进了女子柔软玲珑的心底，那么他在女子的眼里，当然也是美的。这种美不是浓妆艳抹、服饰身份堆砌出的美，而是在自然的景致里“天然去雕饰”的一种美，在汾水流波和沿岸绿意的映衬下，别致欣然，令人一见倾心。

我愿让你因我而幸福

《小雅·车舝》

间关车之舝①兮，思娈季女逝兮。
匪饥匪渴，德音来括②。
虽无好友，式燕且喜。
依③彼平林，有集维鷮④。
辰⑤彼硕女，令德来教。
式燕且誉，好尔无射⑥。
虽无旨酒，式饮庶几。
虽无嘉肴，式食庶几。
虽无德与女，式歌且舞。
陟彼高冈，析其柞薪。
析其柞薪，其叶湑⑦兮。
鲜我觏⑧尔，我心写兮。
高山仰止，景行行止。
四牡騑騑⑨，六辔如琴。
觏尔新昏，以慰我心。

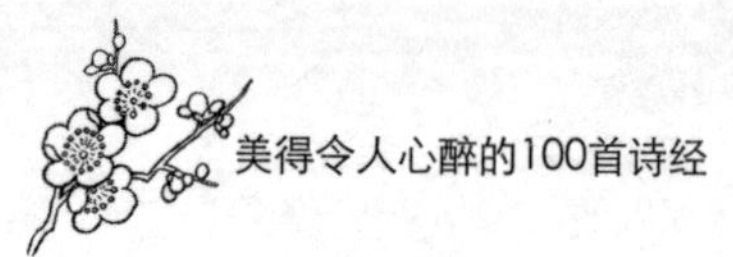

【注释】

①间关：车行时发出的声响。辖：车轴头的金属键。

②括：犹“佸”，会合。

③依：茂盛的样子。

④鷮（jiāo）：长尾野鸡。

⑤辰：通“珍”，美好。

⑥无射（yì）：不厌。

⑦湑（xǔ）：茂盛。

⑧觏（gòu）：遇合。

⑨骓（fēi）骓：马行不止貌。

在一个阳光明媚的天气里，日历上写着：黄道吉日，适宜嫁娶。他策马扬鞭，带领着大批马车，浩浩荡荡地朝幸福开去。

车声轰隆隆地鼓荡着内心的喜悦，村里村外的人都知道那个妩媚可爱的待嫁新娘今天就要出阁了。俊朗的少年心里自然雀跃，不是因为从此可以携着“桑之未落，其叶沃若”的她花前月下，更是因为这个娇妻德行出众，自古“娶妻娶德”，他从此定然心无旁骛。

这样的心情，即使无好友相伴，高兴劲也是无处掩藏的。迎亲队伍走到一片树林时，林莽中成双成对的野鸡，更诱发了他对新娘的想象，痛快地饮上一杯幸福小酒，爱意立即随着酒香散开，从此一生一世一双人，再无心想巫山云卷云舒。

一路上，欢乐层层叠叠，她遮盖了所有的美好，“高山仰止，景行行止”，此生复再何求？彼时，快乐真的很简单。虽说也是二十年等一日，但不难看出，男子对新娘的了解好像多是通过别人之口得知的，“取妻如之何？匪媒不得”，他没有念叨自己喜欢的女子如何不可取代，只是在牵线成功后，将空白之心交给对方。

他活脱脱地说着最美的情话，“来我家里难享荣华，我却愿让你因我而幸福”，两双手十指相扣，心也就连在了一起，简单得透彻明亮，如那时洁净的天空。从此，你为我在外卖力置办什物，我为你在内缝补置炊。这一天终将成为两人日后甜蜜的回忆，等到老得哪儿也去不了时，还可以手牵着手回忆那天他的策马奔腾、她的娇颜如花。

所谓婚姻，无须千回百转去积累经验，有这样一次，就足够。

嗔怒抱怨，是因不曾失却爱意

《郑风·狡童》

彼狡童兮，不与我言兮。
维[1]子之故，使我不能餐兮。
彼狡童兮，不与我食兮。
维子之故，使我不能息[2]兮。

【注释】

①维：因为。

②息：安稳入睡。

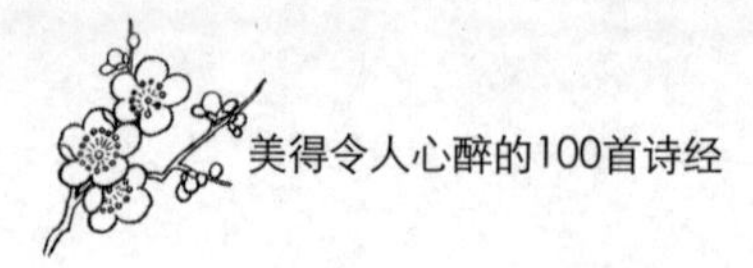

相爱的人，总是在爱情发生的那一刻，让自己的心置于杏花烟雨之中，置于青草漫堤之时。那一瞬间的相遇，将世间所有的缠绵悱恻、留恋缱绻都用尽。然后留下锅碗灶台之间刺耳的碰撞声，唇枪舌剑之后无力的疲态，以及争吵几个回合之后，冷背相对的无言。这大抵就是爱情最后的真相。

文人骚客的笔墨中，也有痴男怨女的婉转凄凉，但字里行间，丝丝缕缕都透露出氤氲的诗意，并非烟火生活。而真正好的诗，有时便只是将俗常的生活和情绪直白道来："彼狡童兮，不与我言兮。"简单直白，甚至有些庸俗的抱怨，是这首《狡童》的开场白。

用"狡猾"形容这个男子，有一种似嗔似喜的感觉。女子对这个男子可谓又爱又恨。闭目细想，似乎能感觉这个女子正柔声细语地指责那男子："你这个狡猾的小子啊，竟然不跟我说话，本来没有大多的事情，难道你就不能主动一点吗？都是因为你，害得我食难下咽。"

男子一开始不和女子说话，女子以为他是闹小孩子脾气，也并未当真。岂料男子居然连饭都不和女子一起吃了，这真是让女子开始担忧了。"维子之故，使我不能息兮。"都是因为你，害的我吃也吃不好，睡也睡不着，女子半埋怨半娇嗔地诉出自己的不满。这样的不满其实是女子求饶的信号："不要生气了，难道你没看到我已经向你低头了吗？"她期望男子能够早日接收到此信号，结束与她的冷战。

分明是放不下矜持，却又忍不住将一腔不平不满化作绕指的温柔、释冰的深情。无论争吵冷战、嗔怒抱怨，不管是谁竖起了矜持的墙，是谁织出了深情的网，都是因为心中从来不曾失却爱意，否则何以要花尽心力去争得爱情世界里的一方天地？

卷三　千帆过尽，缘来缘去

人生苦短，任谁有多么伟大的地位成就，也敌不过呼啸而过的时光箭矢，敌不过穿山越水而来的生死命运。

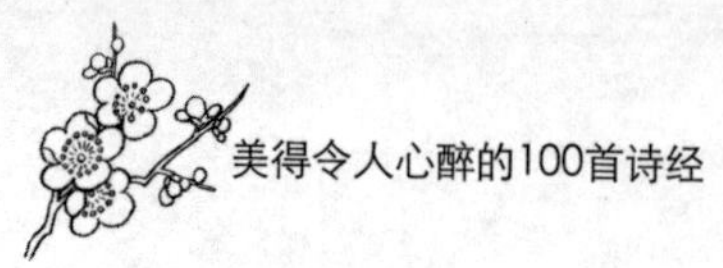

这是誓言的极致，亦是爱的极致

《邶风·击鼓》

击鼓其镗①，踊跃用兵。
土国城漕②，我独南行。
从孙子仲③，平陈与宋。
不我以归④，忧心有忡⑤。
爰⑥居爰处，爰丧其马。
于以求之，于林之下。
死生契阔⑦，与子成说。
执子之手，与子偕老。
于嗟⑧阔兮，不我活⑨兮。
于嗟洵⑩兮，不我信兮。

【注释】

①镗（táng）：鼓声。其镗：即“镗镗”。

②土国城漕：卫国大兴土木，筑造漕城。

③孙子仲：卫国大夫。

④不我以归：即不以我归，意思是长期不许我回家。

⑤有忡（chōng）：忡忡。

⑥爰（yuán）：在何处。

⑦契阔：聚散。契：合。阔：离。

⑧于嗟：即“吁嗟”，犹言今天的“哎哟”。

⑨活：相会。

⑩洵：远。

《诗经》满载着远古民众的质朴与纯真，生动地上演在我们的面前，不过很多诗歌在流传的过程中被披上了政治的外衣或者学术的腔调，失去了原有的天然气息。而《击鼓》却奇迹般的从未被染指，依然是一首爱情的誓约——一个被迫参战戍边的士兵含泪对远方妻子唱出的爱情誓约，穿越了几千年的时光依然击中后人内心深处柔软的地方。

“死生契阔，与子成说。执子之手，与子偕老”，只此两句就足以震撼每一个人，因为它已经达到了誓言的极致。此言一出，《关雎》中的“君子好逑”便显得轻浮，汉武帝的金屋藏娇则显得世俗，就连《上邪》中的“山无陵，江水为竭；冬雷震震，夏雨雪，天地合，乃敢与君绝”也显得不切实际，只有诗中的主人公——一个小兵与他深爱的妻子的爱情，如此纯净，真诚得没有一丝的渣滓。

在战鼓声不断的沙场上，战士们踊跃地操练着刀枪；丈夫此刻身在其中，怀揣着重重忧心。追随着军队来到南方，跟随着将军孙子仲平定他国，但是这漫长的战争什么时候才能完结？那匹失而复得的马更令他感慨生离死别的痛苦，想起当日对妻子的海誓山盟，他就声声叹息，只是这叹息声因为太过遥远的阻隔，而无法抵达故乡。

与此同时，家中的妻子也在时刻想念远方的丈夫。桃花谢了又红，那个人面桃花的妻子，等待了一年又一年，红颜易老，花瓣落在她渐白的发丝上，美得让人心碎，她遥望远方，等待着那个迟迟未归的人，守候着“执子之手，与子偕老”的誓言。

这对男女，明知道海誓山盟抵挡不过时间和岁月的践踏，明知离别的尽头是绝难抵达的相聚之日，但他们偏偏不说再见，不诉离殇，偏偏还是要相信，有朝一日这誓言终会兑现——这是誓言的极致，亦是爱的极致。

黯然销魂者，唯别而已

《周南·汝坟》

遵彼汝坟①，伐其条②枚。
未见君子，惄如调③饥。
遵彼汝坟，伐其条肄④。
既见君子，不我遐弃。
鲂鱼赪⑤尾，王室如燬⑥。
虽则如燬，父母孔迩⑦。

【注释】

①汝：汝河。坟：大堤。

②条：山楸树。一说树枝（枝曰条，干曰枚）。

③惄（nì）：饥，一说忧愁。调（zhōu）：又作“輖”，“朝”，早晨。

④肄（yì）：树被砍伐后再生的小枝。

⑤鲂（fáng）鱼：鳊鱼。赪（chēng）：赤红色。

⑥燬（huǐ）:火。

⑦孔：甚。迩（ěr）：近，此处指迫近饥寒之境。

黯然销魂者，唯别而已矣。

短短一句，可谓说尽了离别之哀痛。翻开古典诗词，关于离愁别恨的哀诉总是格外多，只因在古老的年代里，世事无常，身不由己，舟船难抵，音信难通，一次生离也许就是永恒的死别。

离别最让人伤怀之处不是分离本身，而是分离之后独自背负的漫长而辛苦的时光，更是那遥遥不可期的再见之日。只恐

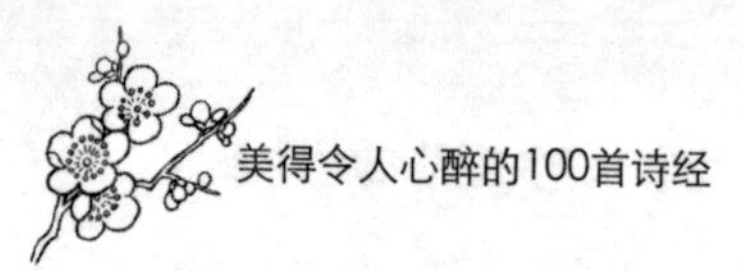

生离即死别，在《汝坟》中，或许才能懂得这句话的真正意味。

先秦太远，后人已经很难想象汝河旁那条长长堤岸的模样，但是能从中读出那种离别的伤感——堤岸上，没有耳鬓厮磨、朝夕相处的缠绵，只有独力承担家庭重负的艰苦辛酸，思念的深深煎熬，以及相见时短暂的欣慰，而转瞬间又要分开的痛苦：王朝多事之秋，男子又怎能恋家？

西周末年，战祸不断，众多的壮年男丁，被迫去参战征伐。于是，夕阳时分的河堤之上，就时常会有那些伫立遥望的女性，盼望着自己的丈夫能够早日归来。可是她们不知道丈夫何时才能回来，彼此的离别与其说是“生离”，莫若说是“死别”。先不说这战争的凶残，刀枪不长眼，只说这千里跋涉、道路崎岖、水土不服、风餐露宿，春寒秋冻，哪一个不能致病缠身，死亡的概率与抛骨异乡的可能性当真是高之又高。

即使女子盼来了丈夫归家，恳请他今生再也不要抛下她离去，这也注定是不可能实现的奢望。或许第二日，丈夫就会因王事征伐而离开。读《汝坟》会很感慨，难道天下就真的大过家吗？女子的声声恳求令这首诗歌不忍卒听。

在乱世中，今日的离别便是明日的死别，初尝离苦的先民们，他们的心里该有多少悲切？一方是回家无望，归家遥遥无期；一方是田地荒芜，家中的粮食早已吃光。双方都要承受分离的痛苦，挣扎余生。

走得太快的总是时光和生命

《邶风·绿衣》

绿兮衣兮，绿衣黄里。
心之忧矣，曷维其已①。
绿兮衣兮，绿衣黄裳。
心之忧矣，曷维其亡。
绿兮丝兮，女所治②兮。
我思古人③，俾无訧④兮。
絺兮绤⑤兮，凄其以风。
我思古人，实获我心。

【注释】

①曷：何。已：止。

②女（rǔ）：同“汝”。治：缝制。

③古人：故人，指已亡故之人。

④俾（bǐ）：使。訧（yóu）：过失。

⑤絺（chī）：细葛布。绤（xì）：粗葛布。

有一种永远无法弥补的缺憾，那就是斯人已逝，而情难以堪。死亡，意味着永远消失，也意味着再无从触及。活着的人们总于无意间认为一切还来得及。可是，走得太快的总是时光和生命。

正如诗中的主角，睹物思人时，才感觉到她的永逝，瞬时难以承受，盯着绿衣泣不成声。泪光里，那细细密密错落有致的针脚依然如昔，心中的忧伤也无过去之日。遗忘是一件让人

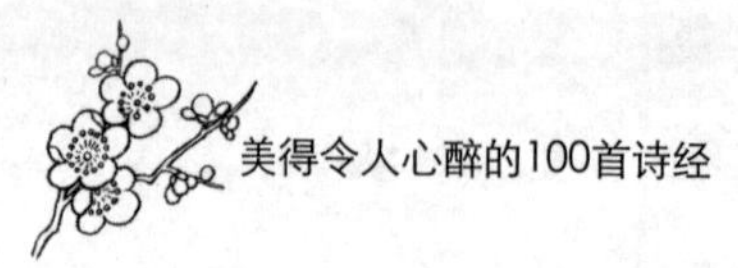

很无助的事情，凭你怎么努力也毫无用处，只要睁开眼看到她所在时所涉及之物，就会发现自己竭尽力气的忘却是多么的苍白无力。

爱情，不是你想忘就能忘的事。某人一旦深入你的骨子里，再多的挣扎都是徒劳，更何况那么一个贤良淑德的女子，绿衣黄裳、枕边教诲，让日后的他体暖行正，他怎能真正忘掉。

怀念一个人不需要任何表面的形式，它会自然而然成为一种生活方式。那人已去，那人却从不曾真正离开。故去的爱人居住在内心最富饶的地方，居住在内心最柔软的地方。你开心时，首先想到她，想着她也能分享这开心多好；你不开心时，她就在你身边，心疼地看着你，你就会觉得不那么难过；当你累时，你闭上眼，她就在你的身后，微笑着扶着你的肩膀，让你忘记疲劳。其实，她已经以另一种形式活在你的生命里，让你享受着双倍的快乐，而只需要承担二分之一的烦恼。

你是世上最不幸的人，又是世上最幸福的人。生命给予的，只好全盘接受。花开花落已是定数，祭奠却是自己的事。记忆如丝，越扯越乱。为了那已逝却永存的“绿衣”，为了让关于她的记忆更长一些，微笑着前行也许是最好的选择。

情至深处，痛不能言

《邶风·燕燕》

燕燕[①]于飞，差池[②]其羽。

之子于归，远送于野。

瞻望弗及，泣涕如雨。

燕燕于飞，颉之颃[3]之。
之子于归，远于将[4]之。
瞻望弗及，伫立以泣。
燕燕于飞，下上其音。
之子于归，远送于南。
瞻望弗及，实劳我心。
仲氏任[5]只，其心塞渊[6]。
终温且惠，淑慎其身。
先君之思，以勖寡人[7]。

【注释】

①燕燕：即燕子。

②差（cī）池：义同“参差”，形容燕子张舒其尾翼。

③颉（jié）：上飞。颃（háng）：下飞。

④将：送。

⑤仲：排行第二。任：信任。

⑥塞（sè）：诚实。渊：深厚。

⑦勖（xù）：勉励。寡人：寡德之人，国君对自己的谦称。

文学里总少不了离歌别赋：一个个遭际坎坷、重情重义的才子才女，用手中的笔，写下无数催人泣下、哀伤如诉的离愁别恨。历代离歌别赋，大抵如此，定要将心浸泡在苦汁泪海里千遍万遍，方才吟得出离愁之万一。

最早抒写离情的《燕燕》，只用“瞻望弗及，泣涕如雨”八字，便写出伤情无限，后人评之“可以泣鬼神”。诗中不见长亭话别，不见涕泗横流，不见难舍难分的剪影；所看到的，不过是渐行渐远的路途风景，那沉默相别的人儿，无须说再见，也无须说出任何带有期望的话。因为，他们早已心知，此生断然难以再见。

情至深处，痛不能言。

在这首诗里，千年前的别离被凝住。分别的愁绪是那样的沉重，重得令时光都无法背负。真正的生离死别就好像一出优雅而绝望的哑剧，舞台上的人无须言语，台下的观众早已看入心中，泪水长流。

《燕燕》将离别演绎得淋漓尽致。全诗四章，前三章渲染惜别情境，最后一章深情回忆被送者的美德。“燕燕于飞，差池其羽”“颉之颃之”“下上其音”，阳春三月，燕燕双飞，本是欢快团聚的景象，却被用于送别诗的起始。凡事最怕比较，以生对死、以乐对悲、以聚对分，本觉得还不是很紧要的悲事，刹那间就忧伤满地。

为兄亲自送你离开。这个时节，燕子参差舒展翅膀，在天上飞翔。可是我们兄妹要在这郊野之处离别，每向前走一步，便是距离分离又进了一步。忍住眼眶中的泪水，但难忍的是心中的悲恸。虽然出嫁是好事，但与离别比起来，这喜事的喜悦就被冲淡了不少。

《燕燕》不属于大悲的作品，也不是闷声不语的作品，它犹如蜻蜓点水的忧伤，在燕燕愉悦的飞翔中，洒落了一空，落入泥土中，瞬间长出了哀婉的花朵，芬芳中带着隐隐的伤。

离别如沟，痛心不已

《卫风·伯兮》

伯兮朅[①]兮，邦之桀[②]兮。

伯也执殳[③]，为王前驱。

自伯之东，首如飞蓬。
岂无膏沐，谁适为容？
其雨其雨，杲杲[4]出日。
愿言思伯，甘心首疾。
焉得谖草[5]，言树之背[6]。
愿言思伯，使我心痗[7]。

【注释】

①朅（qiè）：英武高大。

②桀：同“杰”。

③殳（shū）：古兵器。

④杲（gǎo）杲：明亮的样子。

⑤谖（xuān）草：萱草，忘忧草。

⑥背：屋子北面。

⑦痗（mèi）：忧思成病。

古代夫妻离别，一个闺中独守，思念期盼；一个远在天边，死生不知。在断了联系的时空中，他们用炽热真挚的情感演绎一个又一个执着而悲伤的恋歌。比如，“梳洗罢，独倚望江楼，过尽千帆皆不是，斜晖脉脉水悠悠，断肠白蘋洲”；比如，“自伯之东，首如飞蓬”：

“我的大哥，你真是我们邦国最魁梧英勇的壮士，手持长殳，做了大王的前锋。

“自从你随着东征的队伍离家，我的头发散乱如飞蓬，更没有心思涂脂抹粉——我打扮好了给谁看啊？

“天要下雨就下雨，可偏偏又出了太阳，事与愿违不去管，我只心甘情愿想你想得头疼。

“哪儿去找忘忧草，能够消除掉记忆的痛苦，它就种在屋

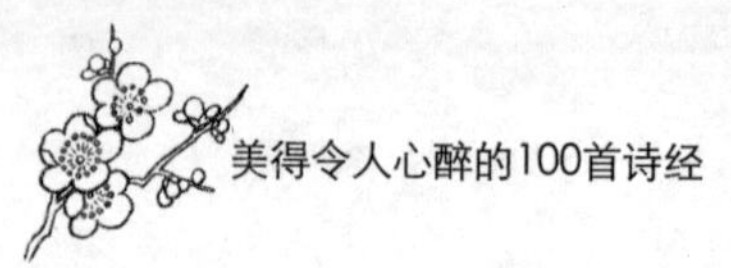

子北面。一心想着我的大哥，使我心伤使我痛。”

战争残酷，会破坏掉很多东西，但它首先破坏的就是军人的家庭生活。军人出征，他们的妻子就成了弃妇，日夜处于孤独与恐惧之中。在这首诗里，“首如飞蓬”四字，道出了离别最深切的痛楚：自从丈夫出征了之后，女子的头发就如飞蓬一样乱糟糟，并不是没有物品没有时间去打理，只是懒得去收拾罢了，即使打理得漂漂亮亮的，又给谁看呢？你不在身边，谁适为容！

也许他们是新婚夫妇，上战场前他还执画笔为她描眉，然后在云鬓旁别上几朵飞蓬小花。这是她所盼望的现世安稳。哪知道残酷的战事把他拉到生死未卜的战场，自己只能在日日夜夜的不安之中，肝肠寸断。

离别有时候就如一把钩，那一瞬间，整个人的心就好像被钩子钩碎，更痛心的是斯人已去，她只能抱着那已经随他远去的不再完整的心，默默地承受着分离和想念的痛苦煎熬。不仅如此，她甚至还“甘心”忍受这痛，不舍得丢弃，仿佛不如此，就无法留住那个人离去的痕迹，无法将他烙印在自己的生命里，永不忘记。

青草之上，与悲伤同行

《唐风·葛生》

葛生蒙楚①，蔹②蔓于野。
予美亡此③，谁与独处。
葛生蒙棘，蔹蔓于域④。
予美亡此，谁与独息。

角枕粲[5]兮，锦衾烂[6]兮。
予美亡此，谁与独旦[7]。
夏之日，冬之夜，百岁之后，归于其居[8]。
冬之夜，夏之日，百岁之后，归于其室[9]。

【注释】

①蒙：覆盖。楚：灌木名，即牡荆。

②蔹（liǎn）：攀缘性多年生草本植物，根可入药。

③予美：我所美之人。亡此：死于此处，指死后埋在那里。

④域：坟地。

⑤角枕：用兽角装饰的枕头。粲（càn）：同“灿”。

⑥烂：灿烂。

⑦独旦：独处到天亮。

⑧居：坟墓。

⑨室：墓冢。

十年生死两茫茫。苏轼写亡妻，起句便是苍茫。他与妻子之间，隔着茫茫生死和遥远时空，无法触及，这样无可奈何的娓娓深情诉诸词中，便成就了一曲《江城子》绵延千年的感动。

死者长已矣，生者空思念。若再往前回溯千年时光，《葛生》中那个思念亡夫的女子，或许早已将悼亡的悲戚与凄凉道尽。

墙外的葛藤长得正盛，相互缠绕着一点也不放松，野外的蔹草更是肆意地长着，蔓延整个山坡。心上人葬在此处，身旁有没有人陪伴？他一个人会不会感到孤独？女子并不倾诉自己如何因爱人的死而悲伤，却去设想亡者无人相伴的孤独，哀情可谓入骨入髓。

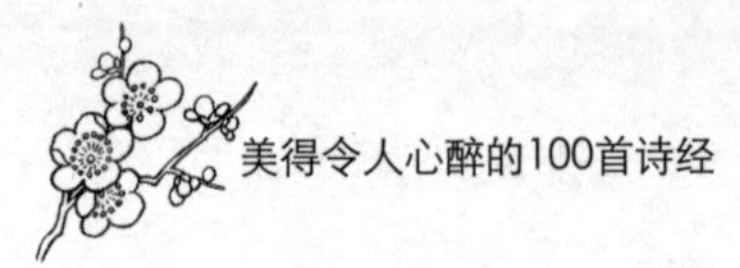

活着的人和死去的人都变成了孤苦伶仃的可怜之人，四下里举目无亲。女子内心的独白听起来十分沉重，在荒凉的墓地，她悲恸地悼念亡夫，茫茫大地上野葛遮盖了一层又一层，那野草下面隐藏着的，是一个多么让人伤痛的现实啊！她想象他枕着角枕，盖着锦衾，在荒野蔓草之下独自长眠，又联想到此后漫长的岁月再无人相携相伴，内心想必是倦怠极了。

死去的不再回来，生者却须忍受在世的羁留和煎熬。自己一生唯一爱着的丈夫，就长眠在野草之下。往后的日子是多么难熬，自己将与悲伤同行，只有等到百年之后，同眠地下，才是最后的归宿与解脱。每一个夏日的白天，每一个冬日的夜晚，都是如此漫长，生有何欢，死有何惧，若生离死别皆只是今生的远行，那么，只要尽快熬到百年的尽头，便能尽早和地下的丈夫聚首，来世再得一个圆满的终局。

这首悼亡诗，全篇不提悲伤、思念的字眼，却弥漫出一股无以复加的此生无欢的悲切。传说梁祝化蝶翩跹飞舞，墓复合拢，不知《葛生》是否也能某一天感天动地，风停雨霁，彩虹高悬，主人公如其所愿，归于其居。

时时念，处处想

《邶风·雄雉》

雄雉于飞，泄泄[①]其羽。
我之怀矣，自诒伊阻[②]。
雄雉于飞，下上其音。
展[③]矣君子，实劳我心。
瞻[④]彼日月，悠悠我思。

道之云远，曷云能来。

百⑤尔君子，不知德行。

不忮⑥不求，何用不臧⑦。

【注释】

①泄（yì）泄：很舒畅地展翅。

②自诒（yí）：自寻。伊：这。阻：阻隔。

③展：确实。

④瞻（zhān）：看。

⑤百：所有。

⑥忮（zhì）：害人。

⑦臧（zāng）：善。

最深的爱莫过于无求、无怨，只想他好。《雄雉》中的爱，便让读它的人感到温暖如春，连笑容都露出明媚来。

不生于彼时，无法体会“君子于役”的难处。丈夫出征许久未归，她在家操持家务，辛劳孤苦，偶尔望见雄雉拍打着翅膀飞翔，在天幕上划下美丽的弧线，也会想起自己的丈夫。她想着，倘若自己也能飞翔多好，就飞去看看他，哪怕一眼就行，确认他好好的，就知足了。雄雉扑棱着翅膀，飞上飞下，咯咯地叫着，让人心神不宁。思念让人难安啊，她只能痴痴苦等，得不到他丁点的消息。

当她把心思都系于一人时，就会出现掏空自己的感觉，能给多少就给多少，对他的心可与日月比照，绵绵长长，不知所终。

但是，隔山隔水的，他无法归来。

于是，日日夜夜，思绪不止。太久远了，就会不知他身在何处，也不知他心在何方。他不会是在前线遇到了什么困难，

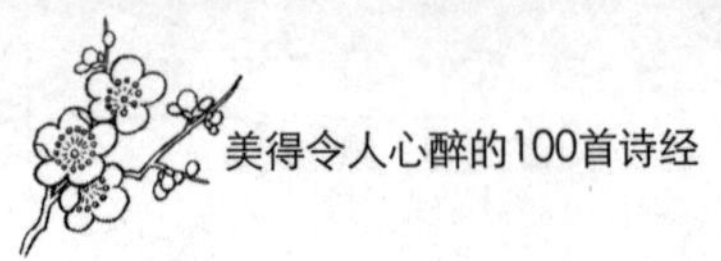

受了什么伤吧，倘若这样该如何是好呢？我一个小女子，出门三里不识人，怎救夫君于危难？于是，心就疼了起来。转念一想，不对，他那么强壮，那么勇敢，怎会不出师大捷？难道是战场立功博得名利缠身无法归来，还是迷恋在别处的温柔乡里？她漫天盖地胡思乱想着，每天如此循环往复，猜测他的处境。

等到心疼过后，纠结后，日子总得继续，她开始自我安慰起来。告诉自己，她的丈夫是百儿八十个里品德最好的，这一点自己也非常清楚，她怎能把他想坏呢，其实，只要他在外边吃得饱、穿得暖，自己也别无所求了。

这就是那个时代最美的爱恋了吧。时时念，处处想，纵使自己千愁百绪，到头来也只盼他一个好字了得。

命运如掌，翻来覆去

《王风·扬之水》

扬之水[①]，不流束薪。
彼其之子，不与我戍申[②]。
怀哉怀哉，曷月予还归哉？
扬之水，不流束楚[③]。
彼其之子，不与我戍甫[④]。
怀哉怀哉，曷月予还归哉？
扬之水，不流束蒲。
彼其之子，不与我戍许[⑤]。
怀哉怀哉，曷月予还归哉？

【注释】

①扬之水：流淌缓慢的水。一说激扬之水，喻夫。

②戍申：在申国边境防守。

③束楚：成捆的荆条。

④戍甫：守卫甫国边境。

⑤许：许国。

在战争中，大丈夫裹尸沙场不失为一种至高无上的荣耀。但是，每一个为国殉身的士兵背后，都有一个朝思暮想盼他回家的妻子。家国难两全，对于一个普通的士兵而言，春秋大业既不在他的掌握内，长期和妻子两地分居亦是无奈之举。他是事事都由不得自己，只能在命运的翻云覆雨中独力品尝生而为人的痛苦悲哀。

《扬之水》中，男子高亢地歌唱着自己的理想抱负，述说着自己对妻子的思念，还有一种隐约的埋怨，埋怨妻子不随自己到战地以慰相思的苦楚。这是男子志在四方的理想和女子安土重迁的矛盾。男子为战争而生，却也无法割舍儿女之情，所以只有一遍一遍地唱着“怀哉怀哉，曷月予还归哉”，他

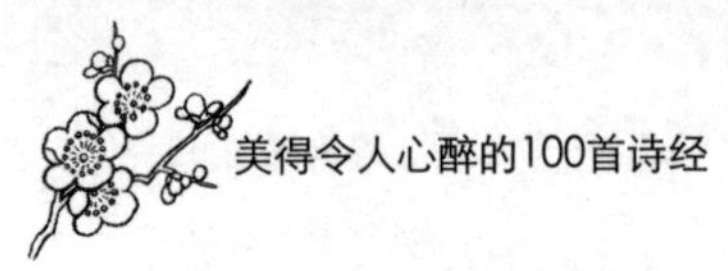

是勇猛的兵士，也是深情款款的郎君。

一切都是无奈的选择，他不得不离开故园寻找战场上的视死如归，纵有千般不愿万般不舍，也得丢下自己的女人。她亦知道他远走自有他的理由，他要给她现世的安稳就必须通过战斗打出一片天下，她知道他的想念如深海般开阔，所以，她放他去走四方，以完成男子的壮志；她只是在家里，把一切都打理得井井有条让他无后顾之忧。

他是在为她出走，她是在为他停留。他们为了彼此而分开，又一起扛起这天涯两地的相思。这伴有哀伤的幸福，世世代代都存在过。

命运如掌，翻来覆去，足已将一个人的心火掐灭。然而无论何时，有鸿鹄之志的男子都不会让自己困守在家庭里，战场是搏击天下的最佳选择，也是他们义无反顾的使命。当然，这并不妨碍一个男子的深情表达，他远走并不是不爱，他只是换一种方式去爱，只是选择了在身强力壮时多吃些苦头，为了能在未来某个时候悠闲地牵着她的手，交给她无限荣光和富足。

清秋易凉，生出时光的嗟叹

《郑风 · 萚兮》

萚兮萚①兮，风其吹女。
叔兮伯兮，倡②予和女。
萚兮萚兮，风其漂女。
叔兮伯兮，倡予要③女。

【注释】

①萚（tuò）：脱落的木叶。

②倡：同“唱”。

③要（yāo）：通“邀”，邀请。

诗的文辞本是不复杂的——落叶而知秋，叹息生命与青春的凋零，满满的对情感的渴望。就是这种单纯的歌谣，古老却有异常的生命力。自它开始，便有楚辞《九歌·湘夫人》的“嫋嫋兮秋风，洞庭波兮木叶下”，有杜甫的“无边落木萧萧下，不尽长江滚滚来”，更有徐志摩的《落叶小唱》与之遥相呼应。对于流逝不回的岁月的留恋，以及在孤苦寂寞中对于感情的渴望——这种人类固有的情感，无论多久都不会过时。

这首用现代观点来看十分具有意境美感的小诗却不被先人看好。《毛诗序》这样说：“《萚兮》，刺忽（郑昭公忽）也。君弱臣强，不倡而和也。”实在牵强。朱熹《诗集传》更谓：“此淫女之词。”实则诗中主人公性别为男为女，本无从辨别，“淫”字更不知从何说起。

可见对诗的品评，后人往往加入历史的或时代的色彩，以后世之意“逆”当时之“志”。而我们读诗，要求的却是用美好的心境来揣度它。

清秋易凉，本就容易令多情的人触动心中伤感的神经，衍生出人生短暂、时光易逝的嗟叹。从眼前落叶飞舞的图画中，诗人仿佛看到了时光无情的流失，进而又意识到这是生生无奈的事情，多说无益。可是，寂寞已经油然而生，无从排遣。茫茫人世，谁会与你唱和？谁能与你惺惺相惜？这都是心灵徒然的呼唤而已吧。这一支古老而简练的歌，真是浸润着很深的秋之悲凉，以及生命深处的荒意。

人生苦短，任谁有多么伟大的地位成就，也敌不过呼啸而过的时光箭矢，敌不过穿山越水而来的生死命运。何况人生又

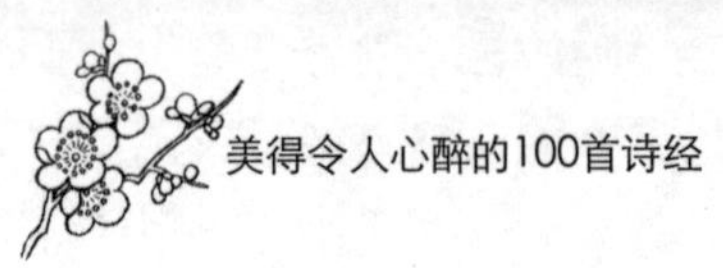

是极难得一知己的，即或得到了，也不过是孤身一人来去这荒茫的人世间。《萚兮》以落叶起兴，简洁的文字中蕴含着几多人生的无奈，非要用一生的阅历来读，才蚀骨知味。

春去秋来，只见隰桑不见君

《小雅·隰桑》

隰桑有阿[①]，其叶有难[②]。
既见君子，其乐如何？
隰桑有阿，其叶有沃。
既见君子，云何不乐？
隰桑有阿，其叶有幽[③]。
既见君子，德音孔胶[④]。
心乎爱矣，遐不谓矣？
中心藏之，何日忘之？

【注释】

①阿（ē）：通“婀”，美。

②难（nuó）：通“娜”，盛。

③幽：通“黝”，青黑色。

④德音：善言，此指情话。孔胶：很缠绵。

世间的爱情，或许都是我们给自己下的蛊，没有人在爱情刚开始的时候就能够为之生，为之死。《隰桑》中的爱情，起初也只是女子内心角落开出的一朵淡雅小花，最后却繁殖成一座花园，蔓延了整个生命。

一开始，桑树的叶子还是青涩的颜色，万物都有种初醒的味道，见到让自己怦然心动的他，也是缱绻温柔中潜藏着惊喜。心弦由此被撩拨，透出欢快的信息，“其乐如何”，足以让这个春天变得不同于往年。

叶子在春雨的润泽下，开始越来越肥美厚实了；日子也在这厚实中生长，那细密的心情也圆润起来。再见到日夜思念的人，怎么会不兴奋呢？后来，热恋的温度已触手可及，桑树的叶子也是浓郁的青黑色，生命的枝繁叶茂在那一树的阴凉下相拥相依。

诗的第四章里，开口就带着想表白的冲动，心里对他爱恋着呀，何不向他说呢？但是，诗的落笔处还是脱去了大胆热烈的表白，如醉如痴的迷恋，替而代之的是现实的天各一方，像是从美好的梦境里一下子跌落下来，触地即是坚硬残忍。

后世有一位多情的男子作诗：“你见，或者不见我，我就在那里，不悲不喜；你念，或者不念我，情就在那里，不来不去；你爱，或者不爱我，爱就在那里，不增不减。”

这是一种彻悟。然而，诗中的这个女子做不到。对那时的

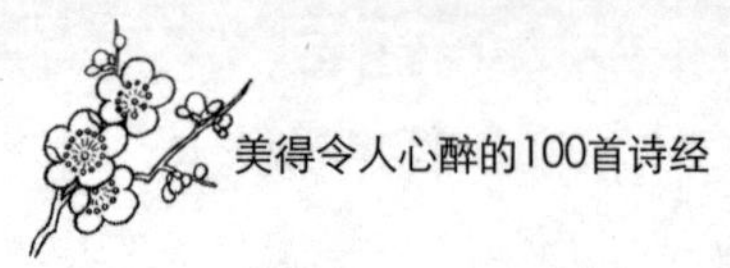

女子而言，这样的爱恋一辈子也许仅有一次。年年月月，春去秋来，伊人如一，旧愁如一，只见隰桑不见君，所以她始终在期待着能再见到自己爱的人。

她的爱无法不增不减，她的爱是淡了又浓，浓了又淡。只要他一声召唤，她就会无往不前。可是，他不在身边，不可触及。在想念的煎熬中，她当然也想到了忘却，让自己的心情翻开新的篇章。只是“中心藏之，何日忘之”，再大的努力都前功尽弃了，她永远走不出他给的情绪。

见不着，走不进，退不出，忘不去，直到有一日，情意化入了漫长生命的一部分，这也许就是爱情中的永恒吧。

卷四　我想你，想春暖花开

地域上的距离是那样遥远，她只好一遍又一遍地登高远望，目光即使抵达不了他脚下的土地，也要抵达他头顶的那一方晴空。

虽隔千里，相思相同

《周南·卷耳》

采采卷耳[①]，不盈顷筐。

嗟我怀人，寘彼周行[②]。

陟彼崔嵬[③]，我马虺隤[④]。

我姑酌彼金罍[⑤]，维以不永怀。

陟彼高冈，我马玄黄[⑥]。

我姑酌彼兕觥[⑦]，维以不永伤。

陟彼砠[⑧]矣，我马瘏[⑨]矣，我仆痡[⑩]矣，云何吁矣！

【注释】

①采采：一说采摘；一说形容野草茂盛之状。卷耳：一种野菜，今名苍耳。

②寘（zhì）：同“置”，放下。周行：大路。

③陟（zhì）：登高。崔嵬（wéi）：高而不平的土石山。

④虺隤（huī tuí）：疲惫无力的样子。

⑤金罍（léi）：指青铜的盛酒器。罍，像酒坛一样大肚小口的盛酒器皿。

⑥玄黄：形容马腿脚疲软之病。

⑦兕觥（sì gōng）：一种饮酒器，形状像伏着的犀牛。

⑧砠（jū）：有土的石山。

⑨瘏（tú）：马因疲病而无法前行。

⑩痡（pū）：人过度疲惫、无法走路的样子。

唐人王维在春天里写下“红豆生南国，春来发几枝。愿君多采撷，此物最相思”的诗句，也许是因为春天最适合思念。珠圆玉滑的红豆，是情人的牵挂与思念，希望我心爱的你多多采撷，随身携带，仿佛我就在你身旁。明知从此以后山高水长，归来无期；明知相思于事无补，等待徒劳，却依然殷殷不舍，频频告白。

古人的相思，着实让人感佩。心有灵犀一点通，当你思念我的时候，请相信我也在思念着你。《卷耳》中的男女主人公就是怀着这样的心境吧。

三千年前的某个春日，一个神情忧伤的美丽女子正在采摘卷耳，山野之间卷耳茂盛，她已经采了很久，可是她那筐中的卷耳仍旧稀稀落落，如同她零落的心事。丈夫被一纸征役书调到离家很远的地方戍守，刚刚离去，更不知道什么时候会回来，她又有什么心情去采摘野菜呢？

卷耳也如同《诗经》中提到的其他千千万万种植物一样，本来普通到在山间田头随处可见，只是因为诗人含情脉脉的表述成为有情之物——卷耳漫山遍野，相思也不断蔓延无边。眼下还有什么重要的？剩下的只有思念了。

当女子被如潮水般的思念淹没时，那个她日思夜想的人也在想着她。他艰难地走在征途古道上，仆夫病倒，马儿也将要倒下，男子只好姑且喝尽杯中之酒，来消解难耐的思念。采着卷耳的女子和走在途中的男子，他们虽然相隔千里，但相同的爱与相思，让彼此的心变得很近、很近。只要裁剪相思铺路，便能抵达彼此。

有时，爱情近在咫尺又远在天涯，只因为隔着一层薄膜。要是两人真是相亲相爱，纵然相隔万里，也依然可以感觉到对方的存在，时空的界限也会在这对痴情男女的执着面前消失无踪。

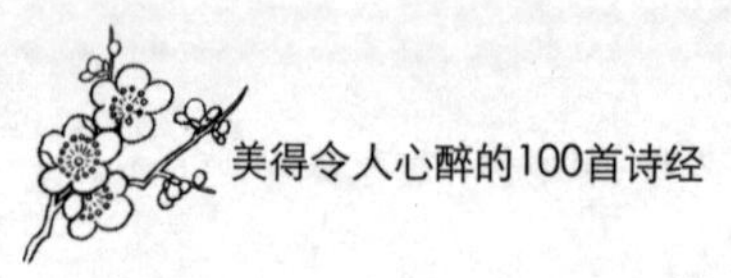

思念的人，是你全部的风景

《召南·草虫》

喓喓草虫[1]，趯趯阜螽[2]。
未见君子，忧心忡忡[3]。
亦既见止[4]，亦既觏[5]止，我心则降。
陟[6]彼南山，言采其蕨[7]。
未见君子，忧心惙惙[8]。
亦既见止，亦既觏止，我心则说[9]。
陟彼南山，言采其薇。
未见君子，我心伤悲。
亦既见止，亦既觏止，我心则夷。

【注释】

①喓喓（yāo）：虫鸣声。草虫：蝈蝈。

②趯趯（tì）：昆虫跳跃之状。阜螽（zhōng）：蚱蜢。

③忡忡（chōng）：忧虑不安的样子。

④止：之。一说语助词。

⑤觏（gòu）：遇合。

⑥陟（zhì）：升，登。

⑦蕨（jué）：蕨菜，嫩叶可食用。

⑧惙惙（chuò）：愁苦的样子。

⑨说（yuè）：通“悦”。

旧说坚持认为这首《草虫》是“托男女情以写君臣念”，也许在儒家大圣看来，女子惦念夫君，这种思念之情写得再漂亮再深入人心，也上不了台面，他们心中的情怀只有一种——臣子对君王的忠诚与怀念。其实，若将它看作一首女人思念在外丈夫的诗，读起来感觉会单纯明丽许多。

草丛里的蝈蝈不停鸣叫，不时还会有几只蚱蜢蹦过，没有见到那个我想见的人，我怎么不忧心忡忡呢？要是我真的能够见到他，我的心才会平静下来。登上高高的南山来采摘蕨菜，见不到那个我想见的人，心里很不是滋味，又愁又烦无处宣泄。要是我真的能够见到他，我的思念才会稍停片刻。登上高高的南山来采摘薇菜，见不到那个我想见的人，心里如此地悲伤。要是我真的能够见到他，我灼伤一般的心才能舒畅。

思念一旦被明白地表示出来，便是一根看不见的导火线，引发一系列的后续情绪，在岁月的轮回里，那么多不经意的动作、手势、片段，都是因为思念，内心的烦躁、不安、恐惧、担心，亦是因为思念。

秋天本来就是一个伤感的季节，虫子消溺、草木枯萎，寒冬将至，最易引起思家和思归的情绪，《草虫》里的女子，便是在草虫鸣跳的秋季氛围中，任思念无边蔓延：远行的人啊，你在远方是否能将我想起？帘卷秋风，人比黄花瘦。你看见身边凋零的花朵了吗？那也是我憔悴的容颜。

周围的热闹与她无关，她的心里是哀伤的，眼里是灰暗的，只有她思念的那个君子，才是她全部的热闹和风景。我要见到你……只能是见到你……除了见到你……“见到你”成为女子唯一的救赎之路。地域上的距离是那样遥远，她只好一遍又一遍地登高远望，目光即使抵达不了他脚下的土地，也要抵达他头顶的那一方晴空。

寄身在没有你的时光之中

《王风·采葛》

彼采葛[①]兮，一日不见，如三月兮。

彼采萧[②]兮，一日不见，如三秋[③]兮。

彼采艾[④]兮，一日不见，如三岁兮。

【注释】

①葛：一种蔓生植物。

②萧：即香蒿，有香气，古时用于祭祀。

③三秋：三季，九个月。

④艾：菊科植物。

李商隐当初写下那句痛彻心扉的“一寸相思一寸灰”时，内心或许只余灰败绝望。若把相思之苦灌注于岁月的沧海桑田，那么，只需要细细描摹相思的形状，便如同历尽了时光的凋残与生命的风化。

所以柳永才道“衣带渐宽终不悔，为伊消得人憔悴”，非要缠绵悱恻至此，方能道出相思在生命里留下的千疮百孔；所以李煜才说“是离愁，别是一番滋味在心头”，婉转悲愁，竟是说不清道不明，剪不断理还乱，相思的悲哀渗透了生命，如那一江永远也流不到尽头的春水，裹挟了此生悲欢，泥沙俱下，再不能回头。

对于热恋的情人而言，分离从来都是难以忍受的痛苦，相思也从来都是时光的倒刺，勾连心肠。只是比起唐诗宋词里哀婉诗意的表达，《诗经》里的离愁思绪，要更干净清新一些。

《采葛》里的思念，便是一径的朴素直白，丝毫不绕弯子：她采葛去了啊，一天不见，就像三个月啊！

他不说自己是如何为对方相思成灾，亦不去想象对方如何思念自己，更不去思量这份恋慕和想念于彼此的全部意义，他只是近乎笨拙地倾诉当下的心情：一日的孤独，好似三个月那样漫长，就算四季早已变更，岁月也已更迭，我也仍旧寄身在没有你的时光之中，尝尽想念的落寞与苦楚。

原来在相爱的人心里，就连最公平的时间也是偏心的，它赐予相爱的人短暂的快乐，却赐给分离的人漫长的痛楚。想念越深，分离的时光越是痛楚漫长，难耐难熬。或许是爱得太过浓烈，才惹得如今思念难息，往日寻常度过的时日，此时都带了尖刺，仿佛定要将他刺痛，才证明得了此番深情。

最真切的情感一唱三叹

《王风·君子于役》

君子于役，不知其期。
曷至哉？
鸡栖于埘①，日之夕矣，羊牛下来。
君子于役，如之何勿思？
君子于役，不日不月。
曷其有佸②？
鸡栖于桀，日之夕矣，羊牛下括③。
君子于役，苟无饥渴！

【注释】

①埘（shí）：在墙壁上挖洞做成的鸡舍。

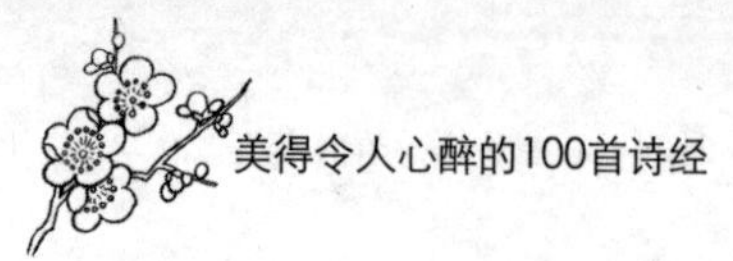

②佸（huó）：会。

③括：至。

最真切的情感，往往不是声嘶力竭的一唱三叹，也不必用哀婉多情的字眼堆砌悲喜，它只是浅浅淡淡地埋在了生活里。

这首诗涉及战争，而不直指战争，只写女子在家挂念服役的丈夫，深深的忧思在行文中铺展开来。她对丈夫的思念，时时处处皆是。一切都是淡淡的，如最好的茶，总避开了过度的苦涩。

彼时的丈夫不只是自己的，更是国家的，而她也有自己的日子要过，于是想念终归只能是想念，大不过生活，更越不过生命的沧海。所以，我们只看到她在黄昏的炊烟里，沐浴满身夕照，淡然而平常地做着赶鸡回圈的琐事，然后抬眼看着远处山坡上缓缓归家的牛羊，想起遥远的丈夫，不知正在多远的远方，是否温饱平安。

多少人把相思熬成伤口，心心念念只盼一场相聚的惊喜。这个安静妇人的思念，却是一清如水，不见半点怨尤、私心，仿佛这种相见不得见的伤痛，并未无休无止穿过整个岁月，而只是隐隐约约、若即若离，在每一个日夕月落的片刻浮现、湮灭，如同生活本该有的起落。

在安稳静好的寻常生活里，她偶尔也会想，这次服役何时是个尽头，丈夫何日能归，她也会问自己，如何才能不去想念。然而最终所有的情思不过化作一句“苟无饥渴”，既然这场相思的局无从解开，那就只盼他在外面不要忍受饥渴吧。

这种淳朴的想法，便如林庚所言：“诗穷而后工，悲以取胜，历来往往如此。于是眼前纵有可喜的情致，岂不也被眼泪冲走了吗？而这首诗却说：‘君子于役，苟无饥渴’这才是真正的挂念，而此外便什么也不说。”是如此干净的情致。

只要他过得好，她就安心了。不是悲情的哭诉，也不是难挨的千转百回，从头至尾，淡到极致，如万里晴空，其中深情却醇厚似一樽酒，在生活里静静散发香洌气息。

遥远的不是距离，而是心

《郑风·扬之水》

扬之水，不流束楚。
终鲜①兄弟，维予与女。
无信人之言，人实迋②女。
扬之水，不流束薪。
终鲜兄弟，维予二人。
无信人之言，人实不信。

【注释】

①鲜（xiǎn）：缺少。

②迋（guàng）：本义为往，此处是“诳”的假借字，欺骗。

有些人的想念，是眉间心口的一颗朱砂痣，无论怎样逃避也终在眼前，鲜明刺目得令人疲倦；有些人的想念，却是缥缈水岸边的一抹晨雾，时远时近，让人触不到、摸不着，以为它要消逝了，触景伤情时它却仍在那里。

还有一些人的想念，是沉重灰暗的现实：你若不在，我便无力持家；你若不在，我便活得艰辛孤苦；你若不在，我便是一株风中的弱柳，任流言蜚语侵害，连自身名誉的清白都无法保住。

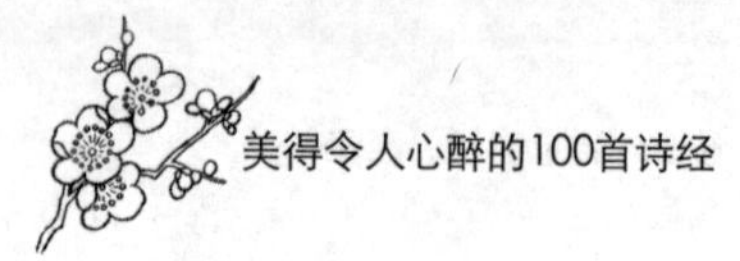

读这首《扬之水》，一样是妻子对在外征战或经商的丈夫的思念，却不曾读出感人的情味，只有一种女子失去依傍的焦急和哀伤，弥漫在字里行间：

激扬的流水哟，不能漂走成捆的荆条。我娘家缺少兄弟来撑腰，只有我和你相依相靠。不要信别人的闲话，别人骗你总有花招。

激扬的流水哟，不能漂走成捆的木柴。我娘家缺少兄弟来关怀，只有我二人相依相爱。不要信别人的闲话，别人实在不可信赖。

妻子如此真诚地向远方的丈夫倾诉，她害怕丈夫误会她，焦急又不假思索地解释，语言似乎没有来得及理顺和整理，就心急如焚地说了出来。原本丈夫远行，她的天就塌了一半，如今除了日夜思念，还要担心丈夫听信了流言，对自己的忠贞生疑。对古时的女子而言，丈夫便是天下。若丈夫听了别人的闲话，从此疏远了她，不再回家，那她的生活就真的是万劫难复了。

结婚一年薄如纸，结婚五十载禁火炼。不论是纸婚还是金婚，维系婚姻之间最重要的因素就是信任，信任是一根纽带，始终牵着两个人的心。男子虽然身在远方，然而不管距离有多远，只要夫妻彼此信任，将那些空穴来风的流言蜚语，当作微乎其微的尘土，两人之间遥远的便仅仅是距离，而不是心。

等你在刹那，在永恒

《郑风·子衿》

青青子衿①，悠悠我心。
纵我不往，子宁不嗣音②？
青青子佩③，悠悠我思。
纵我不往，子宁不来？
挑兮达④兮，在城阙兮。
一日不见，如三月兮。

【注释】

①衿：襟，衣领。

②嗣音：传音讯。

③佩：这里指系佩玉的绶带。

④挑、达：走来走去的样子。

如果说思念也有颜色，那一定是青色。红色太热烈，粉色太过轻浮，柳色太易牵扯出离别之殇，墨色又嫌沉闷，唯有青色，优雅高贵，清新可喜。若是浅的思念，青色便是眼前心头一抹葱翠的底色，并不张扬，却已诉尽相逢的祈盼；若是深的思念，青色就是时光尽头一方古朴沉静的天地，慢慢地将情意化入生命的轮回。

女子站在城头，看见意中人穿青领之衣，佩青色之玉，从人群里翩翩走来，那样年轻美好，好似生命初绽的欣然——只可惜，一切尚是想象，心中的“青青子衿”还未到来，她还在焦灼地等待，等待在黄昏的余晖中、新月的清辉下，逢着他喜悦的身影。

等待太久时，思念就变得悠长。“悠悠我心”“悠悠我思”，好似一番痴情的剖白，只盼他能听见；长相思的苦楚，只盼他来抚平。可是他到底没有来，女子于是生出了怨言：“纵然我不曾去找你，难道你从此断音信？纵然我不曾去找你，难道你不能自己来？”

虽是怨言，也是因爱而生，因思念而起，否则她何至于发出“一日不见，如三月兮”的深情痴叹。一往情深深几许，自古以来女子就是深秋寂寞人，为何女子要怨，想来也是因为那痴情的男子迟迟不肯交付真情。

只是，联想起“青青子衿”的可喜景致，便知女子的思慕之心终究还是清澈的。诗人余光中在《在雨中》说：“你来不来都一样/竟感觉每朵莲都像你/尤其隔着黄昏/隔着这样的细雨/永恒，刹那/刹那，永恒/等你/在时间之外/在时间之内/等你在刹那，在永恒。”

《子衿》中的女子也是这样思慕、等待、张望：你来不来都一样，尽管我着急，我生怨，但心始终向着你。一切美好事物，皆是以刹那会永恒，若我抬头看见清月是你，低头看见树影是你，又何须为了些许等待的煎熬，抹去思念中那一片喜悦的青色呢。

月亮染上痴念的色彩

《陈风·月出》

月出皎兮，佼人僚[①]兮。

舒窈纠[②]兮，劳心悄[③]兮。

月出皓兮，佼人懰[4]兮。
舒懮受兮，劳心慅[5]兮。
月出照兮，佼人燎[6]兮。
舒夭绍兮，劳心惨[7]兮。

【注释】

①佼（jiāo）：同“姣”，美好。僚：同“嫽”，娇美。

②窈纠：与二、三章的“懮（yǒu）受”“夭绍”，皆形容女子行走时体态的曲线美。

③悄：忧愁状。

④懰（liǔ）：妩媚。

⑤慅（cǎo）：心神不宁。

⑥燎：漂亮。

⑦惨：当为“懆（cǎo）”，焦躁貌。

月下的迷离，相思的惆怅，这一无数次出现在中国古典诗词中的意象，追根溯源，便是从《月出》开始。

一位优雅而多情的诗人，心有所属，时刻不能忘怀，因而夜不能寐。他为排遣相思，披衣下床，步入小院中央，徘徊良久。月光如洗，澄澈无瑕，让人心归纯净。

朦胧间，月光照耀下，如琼如玉的远处居然出现了那位女子的身影，她体态匀称，身姿绰约，飘飘欲仙，不似凡俗。诗人举步靠近，想要一亲芳泽，但幻影如雾，渐渐消散，他方知自己思念之切，几近成痴，于是写下这篇珍作。

自古月光就是美好的象征，人们用它来代表美好的人物、事物、时刻、场景、愿望等，甚至为其编造出美好的神话故事，其皎洁、清明、澄澈，让无数的人心生向往。诗人写恋慕的女子，便将她置于月光之下，她的面容、身姿、体态在月光

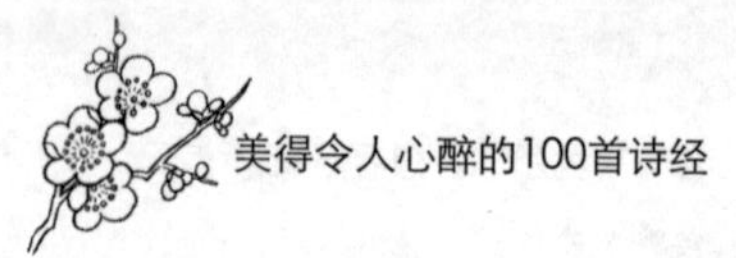

下慢慢展现，构织出一幅别样的美景：月光朦胧下，一个线条优美的女子在缓缓起步，几分神秘，几分忧愁，月白和白衣共舞，清辉和素颜映衬，让人无限动容。

只可惜，愈赞美其美好，就愈是阻碍了自己表白的可能，女子愈姣美，诗人愈觉得难以攀比，这种由对照下产生的自卑，形成了严重的可望不可即的距离感，因而令他变得心神不安、焦虑愁苦、烦闷异常。

清代张潮说：“楼上看山，城头看雪，灯前看花，舟中看霞，月下看美人，另是一番情景。”又说：“山之光，水之声，月之色，花之香，文人之韵致，美人之姿态，皆无可名状，无可执着，真足以摄召魂梦、颠倒情思！”“月下美人”这一意象，在中国古典审美中，逐渐成为经典，而《月出》一诗，可谓这一经典的鼻祖，它使得《诗经》中的月亮，从一开始，就染上了相思的色彩。

太多的心事，想说给你听

《陈风·泽陂》

彼泽之陂[①]，有蒲与荷。
有美一人，伤如之何？
寤寐无为，涕泗滂沱。
彼泽之陂，有蒲与蕑。
有美一人，硕大且卷[②]。
寤寐无为，中心悁悁[③]。
彼泽之陂，有蒲菡萏[④]。
有美一人，硕大且俨。
寤寐无为，辗转伏枕。

【注释】

①陂（bēi）：池塘堤岸。

②卷（quán）：美好，这里释为鬓发很美。

③悁（yuān）悁：忧伤愁闷的样子。

④菡萏（hàn dàn）：莲花。

彼时，你我相见于池塘的堤岸，那里长满了香蒲、兰草、莲花，似我们缤纷烂漫的爱情，施然盛放。此时，池塘堤岸上花草依旧繁茂，身畔之人，却已不在。

草木到底是无情，不理人事更迭，兀自开了又谢，谢了又开。此情此景，让人想起唐人崔护那首著名的诗：“去年今日此门中，人面桃花相映红。人面不知何处去，桃花依旧笑春风。”当年桃花纷染，似雪飘零，而佳人风韵袭人，眉目如

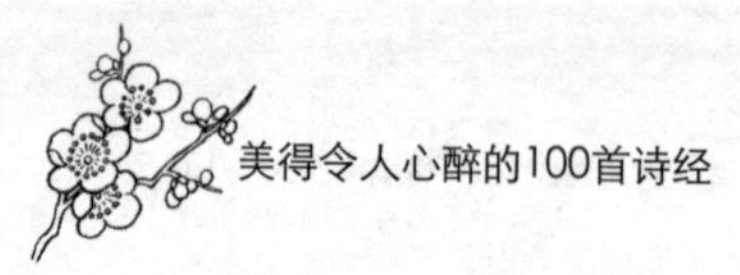

画。而今桃花依旧，玉人却不知芳踪何处。世间最伤情之事，或许不是聚散别离，而是物是人非、故人难觅的痛楚。

所有的爱情，都有一个从甜蜜甚欢到愁肠百结的过程，来得越是热烈，纠结得也越激烈。

等到把红豆熬成了缠绵的伤口，便再无复原之日，一边是“而今才道当时错，心虚凄迷”，一边却是“愿君多采撷，此物最相思”，又道是“才下眉头却上心头”，甘心沉沦，此生别世。

之于女子，情场是一个无法逃脱的汪洋，身处其中只能左摇右摆。在那个大丈夫志在四方，而女子大门不出二门不迈的年代，他是无法固定的温柔，她心中的爱情，再炽热也等不到天长地久。

波光潋滟的池水，呼唤着生命的旺盛发展。女子目睹此景，感由心生，自然而然便想起了思恋的男子。在女子心中，男子的一切都是高大而完美的。“硕大且卷”“硕大且俨”，这样的男子，具备一切值得爱的条件。女子甘愿在这份思念中，睡不安稳，坐不安稳，流泪伤心，希冀等待。

不绝的思念悠悠绵绵，像春天的柳树、枝头的雾纱，弥漫整个季节。太多的心事，想说给男子听，见不到男子，女子会把一秒当成一天的印记。她思念分分秒秒，日子难挨，唯君不知。

朝思暮想，还未归

《小雅 · 采绿》

终朝采绿[1]，不盈一匊[2]。
予发曲局，薄言归沐。
终朝采蓝，不盈一襜[3]。
五日为期，六日不詹[4]。
之子于狩，言韔[5]其弓。
之子于钓，言纶之绳。
其钓维何？维鲂及鱮。
维鲂及鱮，薄言观[6]者。

【注释】

①绿：通“菉”，草名，即荩草。

②匊（jū）：同“掬”，两手合捧。

③襜（chān）：围裙。

④詹：至。

⑤韔（chàng）：弓袋，此处用作动词。

⑥观：多。

田野里洒满阳光，细数点点滴滴，美不胜收。这样的景致总让人有种返璞的冲动，偶尔退回到那个被自然包围的年代，经历一场带有芳草气息的爱情，终胜过灯红酒绿的迷乱。我们走得慢一些，该有多好。

妙龄的女子带着出自自己之手的精致围裙，俯下身去，又时而仰起身来，俯仰之间流淌着淡淡的哀愁。黄昏将至，采

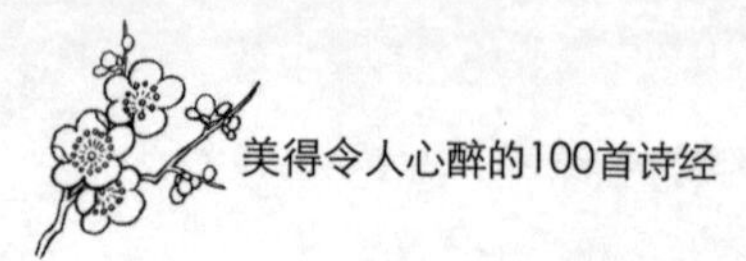

的染草还没将围裙装满。也许她早已习惯了这样的采摘方式：身在田野，心在别处。思念就是这样一种东西，在你不觉间，已经深陷其中，醒来时暗自后悔。然而下一次仍是如此，改不掉，也不想改。

时时念着他，怎么也锁不住心。不曾分别，已问归期；别来几日，荒废梳洗。开始计算他什么时间归来，想象自己一定要像朵洁白的花儿那样洁雅地出现在他面前。

按时日计算，五天后他本该归来的，怎么到了第六天，还不见朝思暮想的身影。其实，怎是害怕忍受这相思之苦，只是想每天都能看到他，确保他过得幸福。女子对爱的付出，其心其情让最华丽的誓言也暗淡无色。这样痴情的一个女子如若被抽去了思念，也许再别无他物。

面对太浓烈的思念，她只有不厌其烦地幻想与他相见时的场面来聊以自慰：

郎啊，如若他日归来，我们再也不分开，可否？你去打猎，我就跟着你，为你收弓；你若去钓鱼，我就跟着你理丝线。我们要如影随形，永不分离。

她仿佛看到了他们在一起钓鱼的情景，将想象再加一层：你钓上鱼来了，是白鲢和鳊鱼，我一辈子看都看不够。小夫妻恩爱的场景，让人感到温暖。她在看他钓的鱼，更是在看他，百看不厌。

“思君令人老”，霎时她又回到现实中来，他和她仍是天各一方。那挂在眼角的微笑，渐渐散去，又添一抹新愁。

岁月凋尽了她最美的芳华

《齐风·甫田》

无田甫田[1]，维莠骄骄[2]。
无思远人，劳心忉忉[3]。
无田甫田，维莠桀桀。
无思远人，劳心怛怛。
婉兮娈[4]兮。
总角丱[5]兮。
未几见兮，突而弁[6]兮。

【注释】

①无田（diàn）甫田（tián）：不要耕种大田。

②莠（yǒu）：狗尾草。骄骄：犹“乔乔”，高大貌。

③忉忉（dāo）：心有所失的样子，与第二章“怛（dá）怛”同义。

④婉、娈：小孩漂亮、可爱、惹人怜爱的样子。

⑤总角：古代男孩将头发梳成两个髻，称之为“总角”。丱（guàn）：形容总角翘起之状。

⑥弁（biàn）：成人的帽子。

在从不曾老去的岁月里，每个人都在渐渐地老去。想念，不仅仅是一个天涯的距离，更是在遥远苍茫的时光尽头，彼此相望，无可触及。

此生再不能相见，这并非相思最绝望的终点。一朝分离，服从了命运的不由分说，然后各自独力承担起生活的重负，在

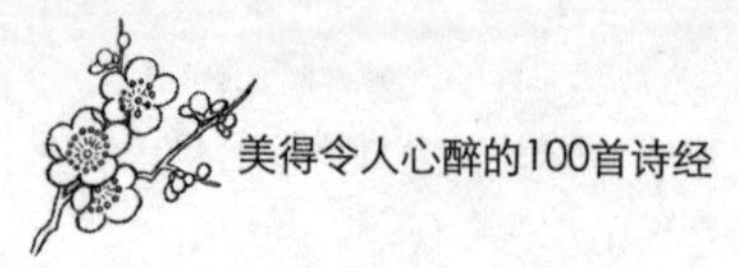

漫长痛苦的孤独想念中熬白了双鬓，这才是相思最伤情之处。最终的结局是见或不见，都不重要了，不见或许更好，见了，相顾无言，唯有泪千行，只怕是更大的伤痛。

所以，《甫田》里的农妇劝自己“无思远人”，也是为了稍解相思之痛。这位辛劳的农妇坚毅自立，在丈夫离开以后，她独自开垦了很多的荒地，努力支撑着家用。但她也只是勉力坚持，在承受不住时，她这样劝自己：“不要再开垦农田了，这么多的荒草，你真的支撑不住，就此停下吧；不要再思念他了，他走得这么远，归期渺渺，只能让你更加担忧，更加劳心。”

相思不老，人却会老。绵长无尽的相思，剥蚀了她的青春容颜，凋尽了她最美的芳华。她等待了那么久，久到他们的孩子都从幼儿长成了大人，若他此时归来，只怕会深恨时光流逝的无情，让他连孩子的成长都无从见证。

有人说，此诗中这女子，在劝说我们“无思远人”时，她定是从思念远人中吃尽了苦头，她定是比我们任何人都思得苦、思得深、思得痴、思得执着与坚定。若她当真能放下思念，也不至于反复地劝说自己“无思远人”。正因为做不到，她才恨苦了相思，直劝自己莫要再相思。然而，最终她全部的身心也仍被相思俘获，所有的时日都浸淫在孤独无依的苦楚里，拼尽全力也止不住这一腔盼归的殷殷之意。

卷五　我站在风中，痴痴为你等

任她终生等候，也换不来男子刹那凝眸。有时候，情意尽了便是尽了，一如江水奔流向东不复回。

看她容颜，胜过花朵千万倍

《邶风·静女》

静女其姝[①]，俟我于城隅[②]。

爱而[③]不见，搔首踟蹰[④]。

静女其娈[⑤]，贻我彤管[⑥]。

彤管有炜[⑦]，说怿[⑧]女美。

自牧归荑[⑨]，洵[⑩]美且异。

匪女之为美，美人之贻。

【注释】

①静女：贞静娴雅之女。姝（shū）：美好。

②俟（sì）：等待。城隅（yú）：城角隐蔽处。一说城的角楼。

③爱而：隐蔽的样子。

④踟蹰（chí chú）：徘徊不定。

⑤娈：面目姣好。

⑥贻（yí）：赠。彤管：一说红管的笔，或红色的管乐器。

⑦炜（wěi）：盛明的样子。

⑧说怿（yuè yì）：即“悦怿”，喜悦。

⑨牧：野外。归：借作“馈”，赠。荑（tí）：初生的白茅，象征婚媾。

⑩洵（xún）：实在。

唐代诗人韩偓有这样一句诗：“但觉夜深花有露，不知人静月当头。”写出女子在闺房里期许与等待的那份恬静，任时间一点点流逝，她依旧优雅矜持如初。相对于女子，男人的等待似乎充满了焦急——“爱而不见，搔首踟蹰”。

那天，阳光四溢，花朵绽放，鸟雀歌唱，就在这样的良辰美景之中，男子徘徊徜徉，四处张望。他急急如星火来到心上人定下的约会地方，生怕自己迟到，可是心爱的姑娘在哪儿？怎么看不见？

心怦怦直跳，内心盼望着她早点出现，看她美丽的容颜，胜过花朵千万倍；同时听她清脆的声音，倾诉满心的爱怜。可是现实让他着急，他抓耳挠腮，徘徊辗转，依然不见心上人出现。一个幽雅娴静的女子，迟迟不肯出场。

小伙子站在那里等待，心中开始回忆起两人的甜蜜过往。他想起心爱的女孩送给他的彤管，这个礼物精美至极，色泽鲜艳，一如姑娘的容颜，让他爱不释手。他还记起有心的女孩从郊外归来时，采摘了一株荑草送给自己，由此与他结下了情缘，定下了信物。

这样美的“静女”，这样美的回忆，就连回忆中的物件都那么美，却始终都是男子眼中心底的光景。俞平伯先生说得精辟：“彤管柔荑之美，以女而美；女之美，又以所欢心中之美而美；而彤管、柔荑、静女此三者之究竟美不美，我们今日固然不知道，不想知道，而作者当日也不曾说，不曾想说也。”

美人如花，于后世的读者而言，到底也是梦里光景。正因为隔了男子的眼和心，隔了云山雾罩、历史的烟尘，还隔了诗歌文字的美，这位先秦年代的“静女”才为人神往了数千年，从未失去了熠熠光彩。

苦苦等候，伊人未来

《邶风·匏有苦叶》

匏有苦[1]叶，济有深涉[2]。
深则厉[3]，浅则揭[4]。
有弥[5]济盈，有鷕[6]雉鸣。
济盈不濡轨，雉鸣求其牡。
雝雝[7]鸣雁，旭日始旦。
士如归妻，迨冰未泮[8]。
招招舟子，人涉卬否[9]。
人涉卬否，卬须[10]我友。

【注释】

①匏（páo）：葫芦之类的植物。苦：一说苦味，一说枯。意指葫芦八月叶枯。

②济：济水。涉：渡口。

③厉：不解衣涉水。

④揭（qì）：提起下衣渡水。

⑤弥（mí）：深水，水深满。

⑥鷕（yǎo）：野鸡的叫声。

⑦雝雝（yōng）：大雁的和鸣之声。

⑧迨（dài）：等到。泮（pàn）：分，此处当反释为“合”。冰未泮，指尚未结冰。

⑨人涉：他人要渡河。卬（áng）否：即我不渡河之意。卬，我。

⑩须：等待。

等待，大抵可以分为三种。

第一种：期盼的，充满喜悦的。

第二种：绝望的，毫无希望的。

第三种：焦躁的，不知结果的。

期盼的等待是能够预知结果，必然是喜悦的。而绝望的等待，明知等下去也是无济于事，却依然执着地让自己化身为望夫石上的一尊塑像，生生把日月盼老。

最为恼人心绪的，当属第三种，既饱含热情，又担心等来的是一无所获的结果，这样的等待简直使人发愁。就像这首诗中的女子一般，在河边苦苦踱步，等待着爱人前来接她，去完成婚礼，去迎接新的人生。一切都是说好的，但是爱人始终没有露面。

诗以“匏有苦叶”起兴，开篇的第一句，写到匏瓜的叶儿已枯，则正当秋令嫁娶之时。此时的女子，披上嫁衣，满心期待，天还蒙蒙亮之时就前来河边等待，等待迎嫁车马的驾临。

等到天渐渐大亮，旭日高升起来，男子依然没有来。女子听闻“雝雝”那样欢快地鸣叫，内心忍不住对男子质疑。因为当大雁南飞、群鸟南渡的时候，预示着冬日的降临，而当济水结冰的时候，按古代的规矩便得停办嫁娶之事了。“你是否想拖延时间，好名正言顺地不来娶我，让我的希望落空？”女子委屈地想，却依然不放弃等待的决心。诗歌最后一章，峰回路转，远处驶来了渡船，就在女子以为自己的诚意感动了上天时，那远处的渡船渐渐靠近，却是一艘客船。

船头的艄公还热情地招呼女子上船，女子只好对好客的艄公解释，自己所要等待的并非一艘普通无奇的客船，而是一艘可以接自己前往婚姻彼岸的人生帆船。

到底男子最后会不会迎娶这位等待在岸边的女子，其实

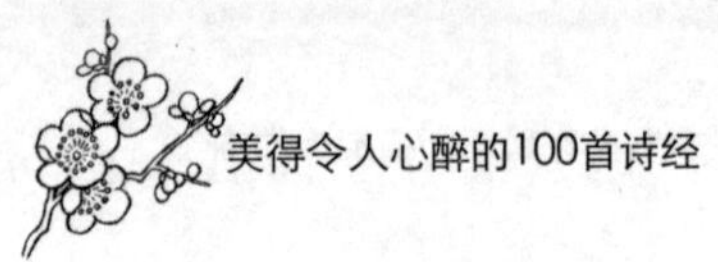

已经不重要。这世间有多少痴心的等待者，想要收获最初的爱情，至死不渝，结果等来的却是一身伤痕。若爱情注定无法走入天长地久的誓言和幸福，那就各奔前程，隔着遥远的彼岸两两相望吧。

这世间有多少人值得等待

《郑风·风雨》

风雨凄凄，鸡鸣喈喈[①]。
既见君子，云胡不夷？
风雨潇潇，鸡鸣胶胶[②]。
既见君子，云胡不瘳[③]？
风雨如晦，鸡鸣不已。
既见君子，云胡不喜？

【注释】

①喈（jiē）喈：鸡鸣声。

②胶（jiāo）胶：或作“嘐嘐”，鸡鸣声。

③瘳（chōu）：病愈，此处是指愁思满怀的心病消除。

女子在风雨交加的夜晚等待，最后终于见到了要等的那个人，这便是《风雨》所述之事。

在等待的过程中，突降暴雨，闪电交加、狂风呼啸，连鸡窝的鸡都惊得咯咯地叫。女子的心随着鸡叫雨声也不安起来。他还会来吗？这么大的雨，他也许就不来了，他最好也别来，这么大的雨，淋坏了怎么办？此时她的心理是矛盾的，既希望他能够冒雨践约，但是又怕淋坏了他。正在矛盾之时，抬眼看见对方满身风雨而来。

我们可以想象得到女子脸上笑容的绽放，她心情怎么不澎湃，心病怎能不解除？

诗人写女子风雨之中怀人，却没有直接说她怎么想，心情怎样焦急难耐，只是反复通过“风雨”“鸡鸣”渲染女子孤独沉闷的思绪，反衬出女子的矛盾心情，显现出精到的艺术表现力。况且，也唯有极度夸张地描摹出外界环境的动荡不安，才越发能够烘托出女子见到男子后的狂喜和安心，以及那种雨过天晴般的明朗心境。

等人确实是一件苦差事，相信每个人都有过这样的经历。等待之时，人容易变得焦躁不安，在左顾右盼之中，时间会变得漫长难熬。若最终等到了对方，便不负这场煎熬；要是对方负约，不仅浪费了时光，花费的心血感情更是付之东流。

这世间有多少爱可以重来，有多少人值得等待，两千多年前那个穿越风雨践约而来的男人，带给等待者多么大的喜悦。倘若心中的相思是一条苦恼的河，我们是否有耐心等待那个渡河相守的人。而风雪雨霜都只能算是一种考验，考验他是否会不顾一切来穿越，结果也只有两个：来，或者不来。“既见君子，云胡不喜”，要是来了，那会是怎样的惊喜。

做一场不管不顾的爱情豪赌

《郑风·褰裳》

子惠[①]思我，褰裳[②]涉溱。

子不我思[③]，岂无他人。

狂童[④]之狂也且。

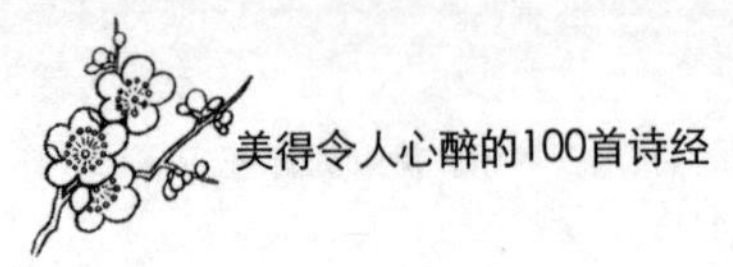

子惠思我，褰裳涉洧。
子不我思，岂无他士。
狂童之狂也且。

【注释】

①惠：即爱我。

②褰（qiān）裳：提起下衣。

③不我思：不思念我。

④狂童：谑称，犹言“傻小子”。

温婉贤淑，一向是男人选妻的重要准则之一。女子要收敛性情，熟练女红，懂得笑不露齿，举步缓缓。即使是在先秦那个民风未开的年代，男子也多追求娴静温婉的淑女。《关雎》中的“窈窕淑女”，《野有蔓草》的“有美一人，清扬婉兮”，《静女》的“静女其姝”，莫不如是。

但在《褰裳》中，有一位大胆直白的泼辣女子，俏生生站立于众多美好迷离的“伊人”之中，眉目间风华流转，熠熠生辉。这位泼辣女子刚一出场，便是一副利落豪爽的模样，快人快语：“你要是想我、爱我，那就立刻提起衣裳的前后襟，蹚过这宽阔的溱河来看我。”

既有这般热烈奔放的性格，女子自然不可能如寻常小儿女那样，委委屈屈、凄凄哀哀地诉说别离之情、相见之意。她只是痛痛快快地表白了心意，似是把自己的矜持和羞怯都当作筹码，做一场不管不顾的爱情豪赌。若赌赢了，心上人涉渡过溱河，她便能执手一段称心如意的情缘；若赌输了，无非输了女子的骄矜，那就索性再豪放些：“你这个傻小子，你以为你不想我，就没有别人再想我了吗？”

女子如水，静时轻柔清凉，动时风生水起。水是至柔之物，来去自如，可以变换为任何形状；亦为至刚之物，因时因势而起，起时风起云涌，能量巨大。至柔的女子，自能将男儿的百炼钢化作绕指柔；至刚的女子，却也能在这个男子做主的世界里翻搅出波澜。

只是无论哪一类女子，在面对爱情时也仍是相同的心思，相同的悲喜。这位泼辣大胆的女子，也一样渴望美好的爱情，一样要面对情人的负心和背弃，充其量她只比寻常女子多了几分强势的勇气、利落的性情罢了。

如何让你遇见我

《唐风·有杕之杜》

有杕之杜①，生于道左②。

彼君子兮，噬肯适③我。

中心好之，曷④饮食之？

有杕之杜，生于道周⑤。

彼君子兮，噬肯来游⑥。

中心好之，曷饮食之？

【注释】

①杕（dì）：树木孤生之貌。杜：杜梨，又名棠梨。

②道左：道路左边，古人以东为左。

③噬（shì）：发语词。适：到。

④曷：同“盍”，何不。

⑤周：右边。

⑥游：来看。

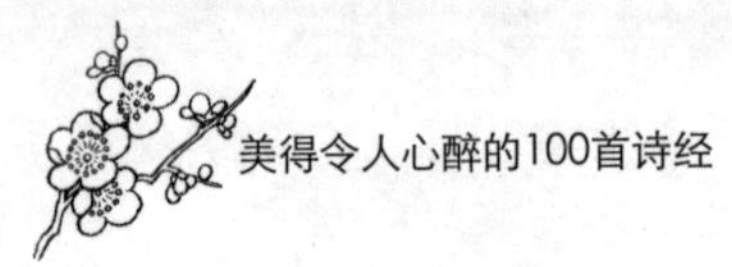

席慕蓉在《一棵开花的树》中写：“如何让你遇见我/在我最美丽的时刻/为这/我已在佛前/求了五百年/求他让我们结一段尘缘/佛于是把我化作一棵树/长在你必经的路旁/阳光下慎重地开满了花/朵朵都是我前世的盼望。”

女子的等待有时像极了这棵开花的树，长满了盛年的芳华、热切的爱慕和无语的渴盼。《有杕之杜》中的女子像一株孤生的棠梨，在意中人可能出现的道旁站立良久，只求能看他一眼，这种微浅收获的代价，伴随了整个等待过程的纠结忧思、心如鹿撞。

独自耸立的棠梨树，仿若女主人公此刻最真实的心境：因为心有所属，相思情切，而变得孤独、寂寞异常。她只身一人在道旁伫立良久，等待着心仪男子的到来，可惜时间一分一秒地过去，他并没有出现，只有那株同样伫立道旁的棠梨树，与柔弱的女子两相对照，更添伤感。

女子在等待中，不免变得烦躁和不安，她开始默默地念叨着：“彼君子兮，噬肯适我。”看看四周荒凉的景象，显眼的就只有那孤零零的棠梨，她不免信心陡减：“那个人儿，他愿意到这儿来吗？”女子的提心吊胆，是对环境的不自信，也是对自己的不自信，她在伤感外部环境时，也在盘算着自己的优点和长处，思考着自己哪一点能够吸引到心仪的男子，因而忧虑无限，患得患失，担心自己的一腔热情抛出，无法换来回应。

最终，女子左思右想后，坚定了自己的信心：“他一定会来的！”然后，她变得释怀很多，开始思考如何回应和招待男子，“中心好之，曷饮食之”，我心中喜欢他，这一点是确定的，但如何招待他，却颇费心思，是该彻底表现出自己的爱慕，还是该有所保留呢？怎样才能让男子感觉好一些，让其既不感到疏远，又不会感到唐突？这些都还需要细细思考。

一切都是等待，是想象，一如那棵孤生的棠梨树站立道旁，寂寞如初。女子花尽了心思，倾尽了情意，却还没有换来分毫回报。然而她伫立在大道旁，与一棵孤树并排站立的样子，却早已定格为《诗经》里不可磨灭的形象。

所谓伊人，在水一方

《秦风·蒹葭》

蒹葭苍苍①，白露为霜。
所谓伊人，在水一方。
溯洄②从之，道阻且长。
溯游从之，宛在水中央。
蒹葭萋萋，白露未晞③。
所谓伊人，在水之湄④。
溯洄从之，道阻且跻⑤。
溯游从之，宛在水中坻⑥。
蒹葭采采，白露未已。
所谓伊人，在水之涘⑦。
溯洄从之，道阻且右⑧。
溯游从之，宛在水中沚⑨。

【注释】

①蒹（jiān）、葭（jiā）：芦苇。苍苍：茂盛貌。下文“萋萋”“采采”义同。

②溯洄：逆流而上。下文“溯游”指顺流而下。一说“洄”指弯曲的水道，“游”指直流的水道。

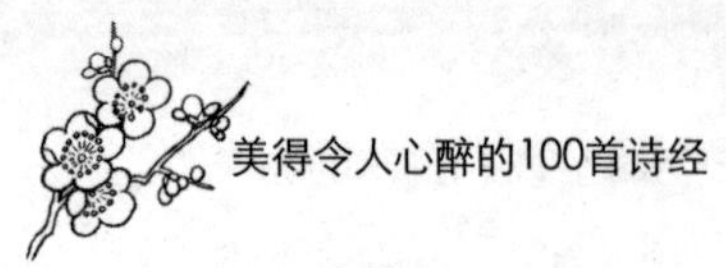

③晞（xī）：干。

④湄：水和草交接的地方，也就是岸边。

⑤跻（jī）：登，升。

⑥坻（chí）：水中高地。

⑦涘（sì）：水边。

⑧右：不直，绕弯。

⑨沚（zhǐ）：水中的小沙洲。

早晨，白露茫茫，秋苇苍苍，他痴迷地在水边徘徊，寻找他的伊人。伊人在哪里？她似乎就在眼前，却隔着一条无法渡过的河水，他只能看到佳人在水一方的倩影，美丽的笑容在雾中若隐若现，伊人可望而不可即。青年惘然若失。

伊人之美，就在于她“宛在水中央”。青年从未清晰地看到过自己心仪的对象，女子也不能从“水中央”走出来，她只能属于水边，临水而居，与秋霜、芦苇为伴，才显得那么不染尘俗，于盈盈一水间，脉脉不得语。《蒹葭》正因为有了这般氤氲氛围和若即若离的美感，才让一代代人遐想万分。

这样不可得的距离，方产生了美感。男子为了保持心目中“伊人”若隐若现之美，不去接近，享受着水中望月的朦胧缥缈之美，也是一种不错的选择吧。“所谓伊人，在水一方。”一幅古典的绝美图画，就在眼眸之下，如此景致，意犹未尽，望一眼，便已心醉。伊人之美，穿越千年，依然鲜活如初。就连水边常见的肆意疯长的芦苇，也染上了千年的美丽，成为美好的爱情象征，永远流传。

古罗马诗人桓吉尔有一句名诗：“望对岸而伸手向往。”被后人理解为追求情人不得而隔水伸手向往，仍是求之难得。德国古民歌描写追求女子不得也多称被深水阻隔。正所谓“隔河而笑，相去三步，如阻沧海”，人类恋爱的情感以及求之不得的失恋感受大概是相通的，不然古欧洲与古中国为何都以隔水相望来描述苦恋苦求的感受？

思念可以是一瞬，也会是一生的事情，有时转眼间便是花事荼蘼，有时却成为终生不可企及的梦境。“所谓伊人，在水一方”，那方距离虽然咫尺可见，却是远在天涯，美好的思念缠绵如流水，却是怎么流，也流不到江水的那一方。

人最怕的就是绝望

《小雅·杕杜》

有杕之杜，有睆[①]其实。
王事靡盬[②]，继嗣我日。
日月阳[③]止，女心伤止，征夫遑[④]止。
有杕之杜，其叶萋萋。
王事靡盬，我心伤悲。
卉木萋止，女心悲止，征夫归止。
陟彼北山，言采其杞。
王事靡盬，忧[⑤]我父母。
檀车幝幝[⑥]，四牡痯痯[⑦]，征夫不远。
匪载匪来，忧心孔疚[⑧]。
期逝不至，而多为恤。
卜筮偕止，会言[⑨]近止，征夫迩[⑩]止。

【注释】

①睆（huǎn）：果实圆浑貌。

②靡盬（gǔ）：无休止。

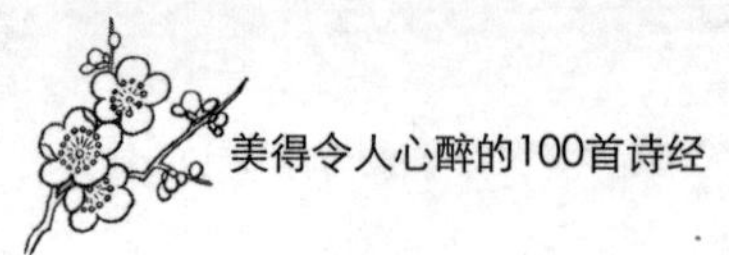

③阳：农历十月，十月又名阳月。

④遑：闲暇。一说忙。

⑤忧：此为使动用法，使父母忧。一说忧父母无人供养。

⑥檀车：役车，一般是用檀木做的，一说是车轮用檀木做的。幝（chǎn）幝：破败貌。

⑦痯（guǎn）痯：疲劳貌。

⑧疚：病痛。

⑨会言：合言，都说。一说“会”为聚合。

⑩迩：近。

亦舒说：“在年轻的时候，如果你爱上了一个人，那么就一定要认真温柔地对待他。不管相爱的时间长或是短暂，如果两个人之间，始终能够温柔相处，虔诚地对待彼此，那么，所有的时刻，都将化为一种璀璨的美丽，在你的生命中闪耀。”

可惜大多数人年少轻狂，将情意看得轻贱。《杕杜》中的女子真是后悔，当初与他厮守之时，自己没能珍惜那段时光。现而今爱人远征他方，生死杳无音讯，此时自己就算再怎么想珍惜，所面对的也只能是凭空回忆。

这是一首妻子思念长年在外服役的丈夫的诗歌，“有杕之杜，有睆其实”，路旁赤棠孤零零，树叶倒是密密生。这孤零零的赤棠就象征了夫妻的两地相隔。可是孤单的赤棠好歹有繁茂的树叶，而分离的夫妻却一无所有。

天下的征战到底什么时候才能休止？“王事靡盬，继嗣我日。日月阳止，女心伤止，征夫遑止。”一日一日，一月一月，惶惶不安中一年竟然将要过去，可是丈夫依然不能回家，战事还在延续，等待也要继续被拉长。

妻子的孤独还是无法终结，第一章的四句诗歌直叙心意，后一句则用一曲折，想着丈夫或许会有空闲，能够腾出时间回家来看看。当然，这个想法十之八九是会落空的，妻子还将在寂寞的土地上坚守，矢志不渝地等待，盼望有朝一日的重逢。

思念让人沉没，让人窒息在缺氧的绝望中。这样的等待很容易夭折，因为人最怕的就是绝望，绝望过后便是放弃。但是有些人能够在痴等中看透天涯，越过海角，望到花开。

要说这世间什么最苦，只怕就是这天涯海角的距离了。但这也是最没办法的事情，当你选择了去爱一个人，除了要享受他带给你的幸福，也需要接纳因他而带来的煎熬。只要爱悠长不断，情延绵不绝，看似枯死的枝丫，也终有春满枝头的那一刻。

情意尽了便是尽了

《召南·江有汜》

江有汜①，之子归。
不我以，不我以，其后也悔。
江有渚②。
之子归，不我与，不我与，其后也处③。
江有沱④，之子归，不我过，不我过，其啸⑤也歌。

【注释】

①汜（sì）：由主流分出而后重新汇合的河水。

②渚（zhǔ）：既指水中小洲，也指洲旁的水。

③处：居住，这里释为忧愁。

④沱（tuó）：沱江，长江的支流。

⑤啸：号哭。

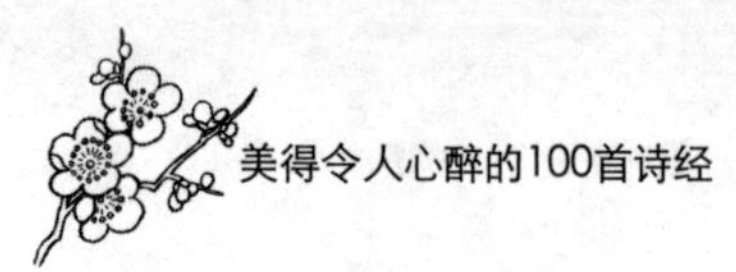

在江水的一端心事惴惴，等待着你的到来，明知道你去意已决，却依然还是忍不住想要期待。期待着你突然出现的那一刻，让我心中欣喜。

被弃女子的心事就像氤氲的江水，惘然而迷离。她被丈夫抛弃，却不肯接受这个事实，痴痴等在江边，在天与地的一端凝望、等待。女子可能是一位商人妇。商人前来此地做生意，结识了妇人，妇人本以为找到了一生的依靠，岂能料到，商人结束生意之时，便是遗弃她之日。

女子徒留江边，哀怨地唱出了这首悲歌，“江有汜，之子归，不我以”，狠心的人儿要回故乡，却不肯带我一同离去。江水就好像一道人生的分割线，就此将我俩分离在了人生的此岸与彼岸。早知如此，那当初何必结合。原以为迈入了幸福的光晕，却是踏进了更为残酷的深渊。

不幸的遭遇让女子对这个薄情郎生出诅咒。在三章诗中，女子分别用了“不我以”“不我与”“不我过”来诉说丈夫对她的薄情。

事态已经发展至此，女子就算是再傻，也能够明白男子弃她之心是多么的坚决了。数年的恩爱在男子心中丝毫翻不起涟漪，他的感情是如此吝啬，做出的事情恩尽义绝，既然如此，自己又何必心存仁慈呢。原本，她并不能预知丈夫离开她后，会不会后悔、忧伤、甚至哭号，但她在痴绝的等待中望眼欲穿，只好对那个绝情之人唱一曲诅咒的悲歌。

只可惜任她终生等候，也换不来男子刹那凝眸。有时候，情意尽了便是尽了，一如江水奔流向东不复回。女子痛斥诅咒绝情的负心汉，实则仍是看不开，她还没有死心，而这才是这首决绝利落的弃妇诗最动人、最引人悲哀之处。

她要的是真切的爱情

《齐风·载驱》

载驱薄薄①，簟茀朱鞹②。
鲁道有荡，齐子发夕③。
四骊济济④，垂辔沵沵⑤。
鲁道有荡，齐子岂弟⑥。
汶水汤汤⑦，行人彭彭⑧。
鲁道有荡，齐子翱翔。
汶水滔滔，行人儦儦⑨。
鲁道有荡，齐子游敖。

【注释】

①驱：车马疾走。薄薄：马蹄和车轮的转动声。

②簟茀（diàn fú）：遮盖车子的方纹竹帘。鞹（kuò）：染红的兽皮制的车盖，为当时诸侯所乘，名为路车。

③发夕：傍晚出发。

④骊（lí）：黑马。济济：美好貌。

⑤沵沵（nǐ）：柔软状；一说众多的样子。

⑥岂弟（kǎi tì）：天刚亮。

⑦汤汤（shāng）：水势浩大貌。

⑧彭彭：众多貌。

⑨儦儦（biāo）：行人往来貌。

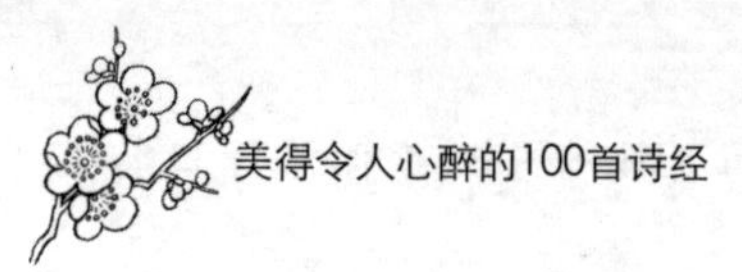

起初，她尚是深闺中待嫁的少女，似一朵清丽脱俗、新鲜欲滴的百合花，惹得无数男子梦中牵念。月下花前，她必是不止一次地在心头描摹未来夫君的气度和模样，只盼凭借自己倾城的美貌，觅得这世间最好的男子，愿得一心人，白首不相离。

只可惜，她是文姜，身为齐国国君齐僖公的女儿，她的终生幸福注定是要为家国大业让步的。后来，她像许多诸侯公主一样，远嫁他国，被父亲许配给了鲁国国君鲁桓公。没有人会过问她的心意，这微小的心意，在杀伐决断的政治大事面前，连发出声音的余地都没有。

文姜的心意，她的父亲齐僖公其实是心知肚明的。那时，她早已逢着了生命中那个“白首不相离”的意中人，他是她同父异母的哥哥，齐国世子诸儿。她何尝不知这是为世人所不齿的乱伦关系，奈何眼中心底只能装得下一个他。父亲的震怒，旁人的议论，远嫁的命运，都没能泯灭她心中炽热的情意，以至于父亲、丈夫亡故后，她要不顾身份，几次三番地回到齐国与哥哥相会，重续早年那份断绝的情缘。

时人对此自是颇有微词，写下《载驱》来讥刺她的淫乱不贞。你看文姜乘坐的大车，清一色的高大骏马，威武雄壮，精美的方纹竹帘遮蔽了车窗，红漆皮革的车棚在夜色下泛着柔润的光，如此豪华的大车沿着鲁国宽广平坦的大路奔驰，前往齐地，却是为了载着文姜赴一场不伦的幽会，讽刺意味不言而喻。

其实，脱去华丽的修饰，撇开善恶是非的判决，她不过是一个需要爱的平凡女人罢了。她怎能甘心在那小小的鲁国行宫中虚度光阴，傻等着男人回头来找她，她知道女人是最禁不起等待的，日子一天一天地过去，这份为世间所不容的爱情，只怕会和等待一起发酵变质。所以文姜承受着全天下人的轻薄目光，频频回到齐国，要找的不是虚无的荣华，而是真切的爱情。

卷六　明明印在眼中，怎么转眼旧了

人生若只如初见，这只是文人构建出来的理想状态，要是可以追回错过的人与时光，那当下拥有的情感怎么办?

海誓山盟，不过美梦一场

《邶风·谷风》

习习谷风，以阴以雨。
黾勉[1]同心，不宜有怒。
采葑采菲[2]，无以下体。
德音莫违，及尔同死。
行道迟迟，中心有违。
不远伊迩，薄送我畿[3]。
谁谓荼苦，其甘如荠。
宴尔新昏，如兄如弟。
泾以渭浊，湜湜[4]其沚。
宴尔新昏，不我屑以。
毋逝我梁，毋发我笱[5]。
我躬不阅，遑恤我后。
就其深矣，方之舟之。
就其浅矣，泳之游之。
何有何亡，黾勉求之。
凡民有丧，匍匐救之。
不我能慉[6]，反以我为雠。
既阻我德，贾用不售。
昔育恐育鞫[7]，及尔颠覆。
既生既育，比予于毒。
我有旨蓄，亦以御冬。
宴尔新昏，以我御穷。

有洸有溃[8]，既诒我肄[9]。

不念昔者，伊余来塈[10]。

【注释】

①黾（mǐn）勉：勤勉，努力。

②葑（fēng）：蔓菁，俗称大头菜。菲：萝卜。

③畿（jī）：指门槛。

④湜湜（shí）：水清见底的样子。

⑤发：打开。笱（gǒu）：鱼篓。

⑥能：乃。慉（xù）：爱惜。

⑦育恐：生于恐惧。育鞫（jū）：生于困穷。

⑧洸（guāng）、溃（kuì）：水流湍急的样子，此处借喻人动怒。

⑨诒（yí）：遗。肄（yì）：劳苦的活计。

⑩伊：唯。来：语助词。塈（jì）：爱。

在风吹帘拢的午夜梦回之时，男子睡眼惺忪地看着身边熟睡的妻子，岁月的流淌在她曾经绝世的容颜上刻下了痕迹，风华不再的面貌令男子顿感陌生，难道自己真的就要和一个韶华不再、人老珠黄的女人过完下半生吗？

弃妇诗大抵都是由男子的薄情而来。“弃捐箧笥中，恩情中道绝。”班婕妤的弃妇诗道出了后宫佳丽一旦人老珠黄就被冷落的残酷现实。“但见新人笑，那闻旧人哭。”杜甫的弃妇诗言尽了花花公子见异思迁、喜新厌旧的嘴脸。而《谷风》则是一个女人遭弃后委屈的倾诉，读起来更让人寸断肝肠。

女子和她的恋人最初也在山谷的大风声中，在漫天的阴雨中相互立下不离不弃的誓言。本以为誓言很长，哪能料到比风还轻。男子境遇好转之后，立刻爱上了别人，当日同甘

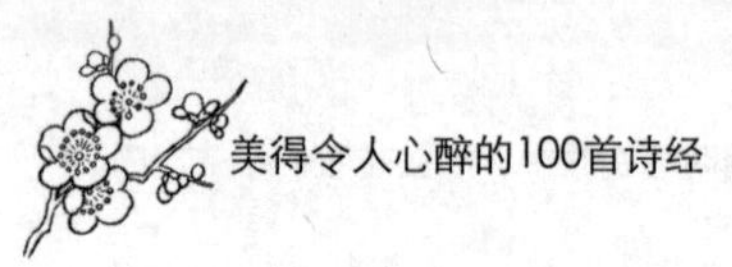

共苦的妻子成了他的负累。

当幸福不再时，渭河的水也变得浑浊，看着丈夫和别的女子喜结连理，原配只能苦苦忍耐，但这样还不够，丈夫还要对妻子诽谤中伤，不让她去自家的鱼塘，不让她碰自家的鱼筐，丝毫没有顾及当日的夫妻情分。

妻子无奈哀叹，当日虽然清贫，却能相濡以沫，今日生活富裕了，却容不下她这个女子，丈夫像是急于脱手货物一样把她甩开。妻子辛苦准备好的过冬食物，只是为了度过匮乏的冬季，却成了丈夫与新人结婚的积蓄。他剥夺了妻子的劳动成果，还要对她恶言恶语，拳脚相加。那份海誓山盟，今日看来就好像美梦一场。

丈夫的背信弃义让善良多情的女子陷入痛苦，久久地沉溺于往事旧情而无法自拔。然而，她虽然控诉自己所受的不公待遇，却始终没有对背弃她的男子进行谩骂指责。她的口气近乎哀求，似是仍在期盼事情还有回旋的余地。这样天真而愚蠢的想法，既使人“哀其不幸”，又让人“怒其不争”。

多说一句，便失了自矜身份

《邶风 · 日月》

日居月诸，照临下土。
乃如之人兮，逝不古处①。
胡能有定，宁不我顾。
日居月诸，下土是冒②。
乃如之人兮，逝不相好。
胡能有定，宁不我报。
日居月诸，出自东方。
乃如之人兮，德音无良。
胡能有定，俾③也可忘。
日居月诸，东方自出。
父兮母兮，畜我不卒④。
胡能有定，报我不述⑤。

【注释】

①逝：发语词。古处：一说旧处，和原来一样相处。

②冒：覆盖。

③俾（bǐ）：使。

④畜我不卒：即爱我不长。畜：同“慉”，喜爱。不卒：不到最后。

⑤不述：不循义理。

太阳和月亮光辉熠熠，高悬苍穹，照耀着广袤的土地，一切看起来都那么光明、美好。可是就在这个光明的世界里，

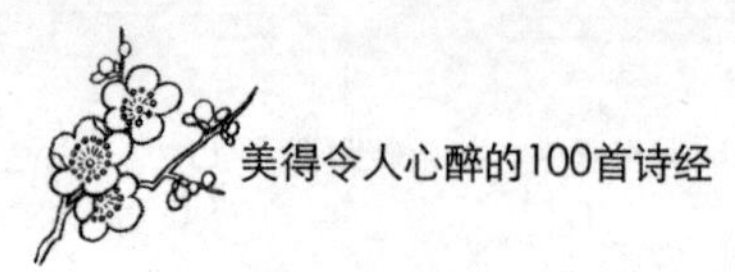

生活着一个痛苦万分的妇人，她被丈夫抛弃，每天独守空房，凄苦无靠，只好呼日喊月："乃如之人兮，逝不古处。胡能有定？宁不我顾。"日月如此光明，怎么看不到这样一个负心汉的存在？他弃妻而去，已经很久没有回来，为什么现在的他心性不定，不再顾念妻子？

与《江有汜》中满口诅咒的女子相比，《日月》中的这位女子简直称得上高贵了。尽管遭到抛弃，她却只是将一切愁思苦绪托于日月，提及那个薄幸的男子，也是淡淡的一句"乃如之人"，便不肯多言，好似再多说一句，就会失了自矜的身份。

也难怪，毕竟这首诗的作者是庄姜，她本是春秋时齐国的公主，后嫁于卫庄公。她不仅以美貌闻名，才华也很出众。不过，自古红颜多薄命，上天在赋予女人美貌与才情的同时，总是要搭上悲惨的命运。上苍给了庄姜骄人的容颜和尊贵的身份，却没有赋予她一段好姻缘。在她风风光光出嫁之后，因为没有生下孩子，遭到卫庄公长期的冷落，甚至还受到虐待。

彼时，女子不过是男人掌中的玩物，不论如何争取，幸福都只是昙花一现，更何况是庄姜这样的贵族女子，更是一入宫门深似海，身不由己，心亦是由不得自己。除了期盼男子回头，再无其他念想。

在这一场无解的感情死局里，在日复一日的孤独长日里，庄姜或许早已流干了眼泪，诉尽了衷肠，最终是诉无可诉，困在已经死去的感情里，无路可走，只好向日月祈求一副疗伤的解药。可是日月也是无情，依旧朗照乾坤，那耀目的光芒似是为了告诉向自己呼告的无助女子：莫多情，情伤己。

尘缘从来都如水

《邶风·式微》

式微式微[1]，胡不归？
微君之故[2]，胡为乎中露[3]？
式微式微，胡不归？
微君之躬，胡为乎泥中？

【注释】

①微：日光衰微，黄昏或曰天黑。

②微：非。故：事。

③中露：即露中，露水之中。

执守贞节，从一而终，这是古时男子对女子妇德的要求。可悲的不是男子逼迫无数女子遵从这个要求，以至于让她们遭逢了多么悲惨的命运，可悲的是女子主动住进了这座名为“妇德”的牢笼里，九死不悔。

先秦时期，礼法还未如后世那般严丝合缝，尚给女子留下了几分喘息的间隙，若是遇人不淑，见弃于人，尚可回娘家改嫁。可是，当时的卫侯之女嫁给黎国庄公后，分明是得不到宠爱，日子过得郁郁不乐，却不肯听从别人的劝说回国，她只道：“终执贞一，不违妇道，以俟君命。”即便得不到君王的爱，她也绝不离开。

她等待着君王的回心转意，就像身处泥沼之中，仰望晴空，卑微地摇尾乞怜一丝温暖阳光。《式微》或许是这名忠贞女子为明志而作的诗，彼时，日光已经衰微，她的等待已趋绝望，君主却仍耽溺在别人的怀抱，不曾归来她身边。

男女相悦，靠的是彼此的眼法和缘分，黎庄夫人不得宠，可能真的是她和黎庄公之间没有缘分。掩卷细想，在一个偌大的后宫，妃嫔们相互之间为了掠夺君王之爱，成日里争风吃醋。黎庄夫人在那锦衣玉食的金銮殿中，没有朋友相伴，没有爱侣跟随，恐怕内心早已是荒草丛生，寂寥难耐了。

既是如此，为何黎庄夫人还不肯离开呢？离开这里，就算没有更好的生活，也不会更坏吧。可是，女人有时十分奇怪，明明是守着一摊死水，偏偏就是不放手。在黎庄夫人的记忆里，黎庄公是她这一生第一个，也是唯一一个男人，她为了他，甘愿守住这难耐的寂寞，只等他回过头来，依然能够看到自己如花的笑颜。

多么执着，然而又多么不值。尘缘从来都如水，若遭遇情感的不幸，一声叹息之后，转身离开便可，挥别了伤害，也落得潇洒。别人的看法并不重要，重要的是，你的幸福是否还能够由你自己来把握。只是，谁能够在那时对着黎庄夫人道出这声玄机，让她也能够真心地为自己的幸福活一次？

爱情的发生和结束同样仓促

《卫风·氓》

氓之蚩蚩[1]，抱布贸丝。
匪来贸丝，来即我谋。
送子涉淇，至于顿丘。
匪我愆[2]期，子无良媒。
将[3]子无怒，秋以为期。

乘彼垝垣④，以望复关。
不见复关，泣涕涟涟。
既见复关，载笑载言。
尔卜尔筮，体无咎言。
以尔车来，以我贿迁。
桑之未落，其叶沃若。
于嗟鸠兮，无食桑葚。
于嗟女兮，无与士耽。
士之耽兮，犹可说也。
女之耽兮，不可说也。
桑之落矣，其黄而陨。
自我徂尔⑤，三岁食贫。
淇水汤汤⑥，渐车帷裳⑦。
女也不爽，士贰其行。
士也罔极⑧，二三其德。
三岁为妇，靡室劳矣。
夙兴夜寐，靡有朝矣。
言既遂矣，至于暴矣。
兄弟不知，咥⑨其笑矣。
静言思之，躬自悼矣。
及尔偕老，老使我怨。
淇则有岸，隰则有泮⑩。
总角之宴，言笑晏晏。
信誓旦旦，不思其反。
反是不思，亦已焉哉。

【注释】

①氓：由外地或外国迁来的平民。蚩（chī）蚩：老实的样

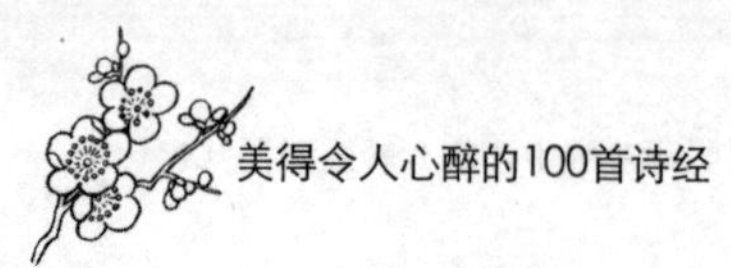

子。一说无知貌。

②愆（qiān）：延误。

③将（qiāng）：愿。

④垝垣（guǐ yuán）：破颓的墙。

⑤徂（cú）尔：往。

⑥汤汤（shāng）：水势盛大。

⑦渐（jiān）：沾湿。帷裳：车厢两旁的帘幕。

⑧罔极：没有准则，行为多变。

⑨咥（xì）：大笑的样子。

⑩泮（pàn）：通“畔”，岸，水边。

故事的开头，似所有爱情初萌发时的甜美，甚至带着些浪漫的气息。男子以买丝为借口接近心仪的女子，对她说好听的话，最后表达了自己的意愿：希望和她结为夫妻。之后的交往，两个人在一起总觉得时间飞快，分开的时候彼此恋恋不舍。

这是《诗经》中最常见的青涩爱恋。女子在几经等待之后，怀揣着幸福和忐忑坐上了男子的婚车。新婚过后，爱情的甜美被繁杂的生活琐事取代，当日的青涩少年也不会再守候于城墙下，等待他的心上人。他们虽然结为夫妻，却再也没有了往昔花前月下的甜蜜。尽管如此，他们仍在自家的庭院桑树下许下永不分离的誓言，祈求多子多孙，幸福美满。女人守着这幸福的盟誓，每天为家庭辛苦操劳，疲惫之中也会觉得幸福。

然而，女人没有想到，自己得到的回报竟是一纸休书！接下来，她以一个过来人的身份回忆曾经发生的点滴，她经历过《蒹葭》《静女》《桃夭》中的任何一种感情历程，以前的那些甜言蜜语、男欢女爱、花前月下、海誓山盟……似乎历历在目，而又渐渐远去。

最终她做出了离开的决定。“反是不思，亦已焉哉。”在三千多年前可以把婚姻之事看得如此清晰透彻的女子，怕在厚厚一本《诗经》中找不到第二位。

在我们看到的所有童话故事的结尾都有过这么一句：“自此，王子和公主过上了幸福的生活。”如果这个童话故事继续进行下去，会是什么样子？如花美眷，怕也敌不过似水流年。

人和人之间的情感就是这样奇怪，不是当初的一语空言就可以约定终生的，当日你侬我侬，今日也可以淡漠视之；今日的一切终将似水无痕，到明夕，彼此也终成陌路。完全没有公平可言，谁让爱情的发生和结束同样仓促呢。怪只能怪经年之后，华颜不再，谁比谁残酷，谁便是最后从爱情潮水中全身而退的赢家。

美丽逝去，缘分消散

《王风·中谷有蓷》

中谷有蓷[①]，暵[②]其干矣。
有女仳离[③]，嘅其叹矣。
嘅其叹矣，遇人之艰难矣。
中谷有蓷，暵其脩[④]矣。
有女仳离，条[⑤]其啸矣。
条其啸矣，遇人之不淑矣。
中谷有蓷，暵其湿[⑥]矣。
有女仳离，啜其泣矣。
啜其泣矣，何嗟及矣。

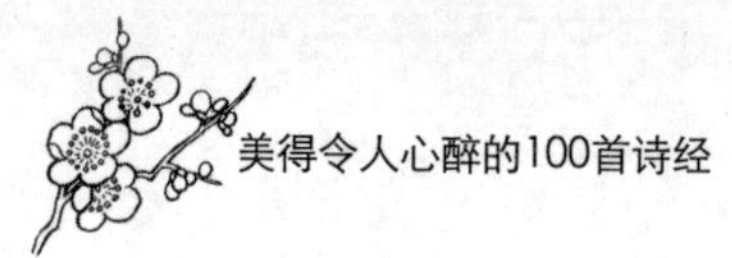

【注释】

①中谷：同谷中，山谷之中。蓷（tuī）：益母草。

②暵（hàn）：干枯。

③仳（pǐ）离：妇女被夫家抛弃逐出，后世亦作离婚讲。

④脩（xiū）：干燥。

⑤条：长。

⑥湿：将要晒干的样子。

古时女子地位卑微，男子于她们永远是行踪难定的候鸟，说来便来，说走就走，如惊鸿般一掠而过，而被留下的自己，从此只能画地为牢，饮恨吞泪。

与他做夫妻时，起初也是举案齐眉，她在丈夫面前低眉顺眼，对他体贴关怀，无微不至，她的真情厚意可昭日月。可是，任她做到完美，挑不出一丁点错处，也挽不回丈夫那颗早已转向的心。

再好的女子，要想遇见一个可托付终身的男子，也是艰难。“遇人不淑”，当是所有旧时女子的噩梦。等到女子声声哀叹自己所嫁非人时，一切都为时已晚。她万万没有想到，当年千挑万选，竟然选择了这样一个忘恩负义、绝情决意的男子。现在他无情地将自己抛弃了，这日后的生活该怎么过，自己的这满腔委屈又该向谁诉呢？她不过是一个想要幸福生活的平凡女子，所求的只是日子安稳淡然。现在却连这一点小小的愿望都要落空。

怨女的悲伤声幽幽响起，似怨似怜。她用笨拙却发自真心的话语，竭力去挽回男子那早已抓不住的心。想到自己被辜负，被贻误一生，女子虽痛恨男子绝情，但又为了自己不至于流落在外，不至于失去这样一个栖身之所，硬将这伤痛嚼碎咽下。

做到如此地步，真是太没有骨气了。就算她能帮男人回忆起再多的往日甜蜜，诗歌再是一唱三叠，哀婉动听，男人也不会回头。他狠下心要走，就算她下跪挽留，也是无济于事的。

爱情是美好的，但留恋变质的爱情就是饮鸩止渴。在爱得如火如荼时，彼此或许都曾许下美丽的承诺，而当美丽逝去，缘分消散，在面对注定无法挽回的爱情时，何不潇洒退场？既然无缘，又何须念念不忘往日的誓言。

一旦别过，就此天上人间

《郑风·丰》

子之丰[①]兮，俟我乎巷兮。

悔予不送[②]兮。

子之昌[③]兮，俟我乎堂兮。

悔予不将[④]兮。

衣锦褧衣[⑤]，裳锦褧裳。

叔兮伯[⑥]兮，驾予与行。

裳锦褧裳，衣锦褧衣。

叔兮伯兮，驾予与归。

【注释】

①丰：丰满。

②送：从行。

③昌：健壮。

④将：同行。

⑤褧（jiǒng）衣：用绢或麻纱制作的罩衫。

⑥叔、伯：此指迎亲之人。

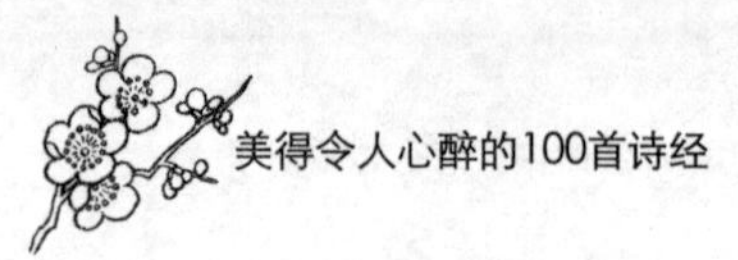

在关于爱与不爱的故事里，矢志不渝是最动听的誓言。在等待与错过的无奈中，守候是最悲哀的真相。因为这份守候守来的除了茫茫无涯的岁月和日渐苍老的容颜，别无其他。

千年之前，一位妇人焦急等待着，当日她容颜灼灼，待字闺中之时，心仪的男子布置好礼堂，准备好聘礼，满心欢喜地等待她去成为女主人。可是，她背弃了他们当日的约定。而今时过境迁，在时间的汩汩河水中跋涉，她越来越意识到当日的放手是多么草率。于是，她鼓起勇气，想再和男子重拾旧好。

她并不了解，有些情感一旦别过，就此天上人间，永不可愈合。

《丰》为郑风的第十四首。《郑风》里有许多描写女子在情事中或遗憾或悔恨的诗歌。但在《丰》这首诗中，女子虽然对年少时的错过感到惋惜，但更多的还是充满了期待和喜悦。

是否能够从一开始就与对方认定，已经不再重要。关键是历经沧海桑田后，当初那段情感不会随着记忆而消失，反而愈发刻骨铭心。闭上眼睛回想起来，清晰的脉络一一可见，仿佛昨日之事一般。

亲爱的人，在我还未老去时，再来与我一起走过这漫长的岁月，让我弥补对你的亏欠吧。女子穿好嫁衣，戴好配饰，她要以最美的姿态，出现在男人面前，与其一起驾车而去，奔赴幸福。

长情，这真是对多情人最重的馈赠，也是最重的惩罚。

男子究竟有没有前来，从诗中已经是不得而知了。有另一种解读提到，这盛装打扮的女子等待爱人前来驾车相迎的场景，不过是女子在寂寞无奈的岁月中臆想出来，安慰自己的幻想。

不论是臆想还是真实，总之青梅已衰，竹马老去。那段青葱可人的爱情历经时间的洗礼，早已恢复不到当初的模样了。女子一厢情愿地痴等，到最后恐怕也只是空欢喜一场。

人生若只如初见

《陈风 · 东门之杨》

东门之杨，其叶牂牂①。
昏②以为期，明星煌煌③。
东门之杨，其叶肺肺④。
昏以为期，明星晢晢⑤。

【注释】

①牂牂（zāng）：风吹树叶的响声。一说茂盛貌。

②昏：黄昏。

③明星：启明星，清晨出现在东方的天空。煌煌：光亮貌。

④肺肺（pèi）：同“牂牂”。

⑤晢晢（zhé）：同“煌煌”。

世事难料，人生无常，对那些错过的人和错过的事，我们过后回望，只能自责，或抱以深深的遗憾。

在古老的《诗经》中也能找寻到这样的故事。故事发生在陈国都城东门外的杨树林中，这里是男女青年的幽会之地。“月上柳梢头，人约黄昏后”，和心爱的人约好了时间，早早来到东门外等待。

东门的大白杨树啊，叶儿正发出低音轻唱。
约会定好的时间是黄昏，直等到明星东上。
东门的大白杨树啊，叶儿正发出轻声叹息。

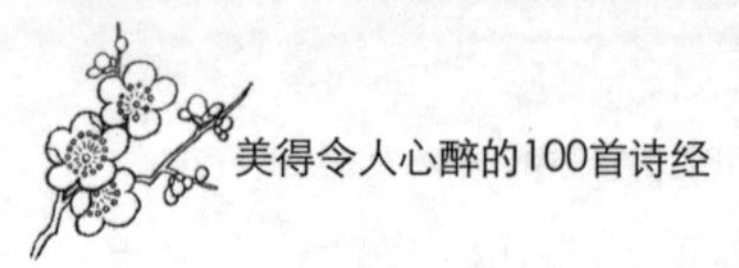

约会定好的时间是黄昏，直等到明星灿烂。

从黄昏一直等到夜深人静，从夜深人静又等到斗转星移的凌晨，恋人还是没有来，原本充满甜蜜感觉的等待就这样变成了难挨的苦等。

苦等的终局或许就是永生永世的错过。有些人，一旦错过就不再。谁都想与爱人有个好的结局，唐代诗人崔护错失深爱的姑娘，徒留下一首《游城南》诗云："去年今日此门中，人面桃花相映红。人面不知何处去，桃花依旧笑春风。"其实他想做《柳毅传》中的痴情人柳毅，在遇见洞庭龙女之后，慷慨允诺，毅然受命，最后有情人终成眷属，恩爱到千年，而不是徒留感叹。

人生的路上，我们总是错过些什么。错过一趟公共汽车，错过一场雨，错过一个开始，错过一次机遇，错过一些人、一段情。有时，我们与一个人相遇、相知、相恋、相离，站在最后的终点处回望，目光纵然可以穿透时光的雾霭，回忆也尽可以延伸到不可触摸的过去，而你我，彼此，终于还是不能回到"当初"了。

人生若只如初见，这只是文人构建出来的理想状态，要是可以追回错过的人与时光，那当下拥有的情感怎么办？岂不是也要错过？所以，若已错失，就不必再强求，只需要把过往的美好珍藏，成就回忆的佳酿。

她要的是你温柔的停留

《小雅 · 我行其野》

我行其野，蔽芾其樗[①]。
昏姻之故，言就[②]尔居。
尔不我畜[③]，复我邦家。
我行其野，言采其蓫[④]。
昏姻之故，言就尔宿。
尔不我畜，言归思复。
我行其野，言采其葍[⑤]。
不思旧姻，求尔新特[⑥]。
成[⑦]不以富，亦祇[⑧]以异。

【注释】

①蔽芾（fèi）：树木枝叶茂盛的样子。樗（chū）：臭椿树。

②就：从。

③畜：养活。

④蓫（zhú）：一种草本植物，又名羊蹄菜。

⑤葍（fú）：一种多年生蔓草，也叫小旋花。

⑥新特：新配偶。

⑦成：借为“诚”，的确。

⑧祇（zhī）：恰恰。

行在荒郊野外，叶子细密的臭椿树，各种味甘带苦的草药障眼蔽目，犹如这些天与你相对的情形。明明不相干的平行线，你却许我天长地久，骗我嫁到这穷厄之地。往事一幕幕，

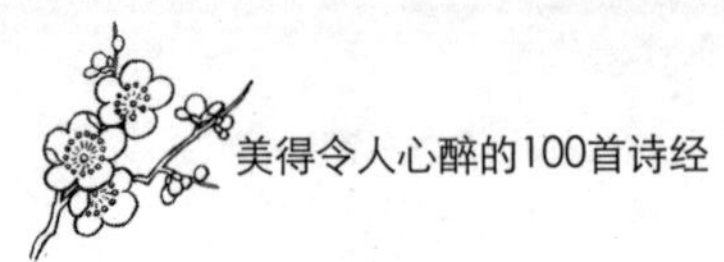

五味杂陈，唯缺甜蜜。“因为你，我来到这里。”咀嚼着这句话，我不知该怨你，还是怨自己轻信。我在最美的年龄遇见你，你将我透亮温润的年华占据，而后又抛弃。斗转星移，丢去的不只是岁月，还有我对你的爱恋和信任。

外面的世界总是过于精彩。在冬天，你忘记给我取暖；夏日里，你又是燥热难耐，不让我呼吸一点清凉。你可知道，对于一个痴心女子，她不盼荣华富贵，不盼阿谀献媚，她要的不过是你温柔的停留。而你的贪欲过多，揉碎我的青春却无心回报。

初读“我行其野”时，也曾摩拳擦掌为主人公抱不平，觉得她凄凄楚楚，可怜之极。直至读到李季兰的《八至》，才恍惚明白所谓夫妻也不过如此：“至近至远东西，至深至浅清溪。至高至明日月，至亲至疏夫妻。”

若真的能够彻悟明了，放爱一条生路，各自寻找自己的拼图，从此两不相干，也是好事一桩。而世间的痴男怨女往往在失去时非要讨一个公道来。其实哪有什么公道可讨呢，你可以“不思旧姻，求尔新特”，将自己最初的选择否定，找一个心心相印的人开始新的生活。但别忘了旧姻里的他也曾是你非嫁不可的选择，谁敢保证下一个他会至死不贰其心？

所以，不如不去深爱，对待每一份情，来时便拼却一生欢，去时便尽数放下。宁肯多尝几遍苦楚，也好过深陷在一份早已千疮百孔的爱情里，与一个早已不相干的人纠缠终生。

真情待人，却催人心肠

《小雅·谷风》

习习[①]谷风，维[②]风及雨。
将恐将惧，维予与[③]女。
将安将乐，女转弃予。
习习谷风，维风及颓[④]。
将恐将惧，寘[⑤]予于怀。
将安将乐，弃予如遗。
习习谷风，维山崔嵬[⑥]。
无草不死，无木不萎。
忘我大德，思我小怨。

【注释】

①习习：大风声。

②维：是。

③与：助。

④颓：自上而下的旋风。

⑤寘：同“置”。

⑥崔嵬（wéi）：山高峻的样子。

似乎在这个世界上，每一首诗的背后都有一个悲伤的故事。最初的他们，确实一贫如洗，却也是幸福满溢。慢慢地，财富堆积了，但幸福也流失了。风风雨雨都经历了，如今阳光明媚，他却从他乡匆匆赶来，宣布他们的爱已经不在。不想追问，也不愿指责，她只用娓娓诉说作为抵抗的方式。

千辛万苦的操持，为这个家赢得了好日子。她倾其所有待

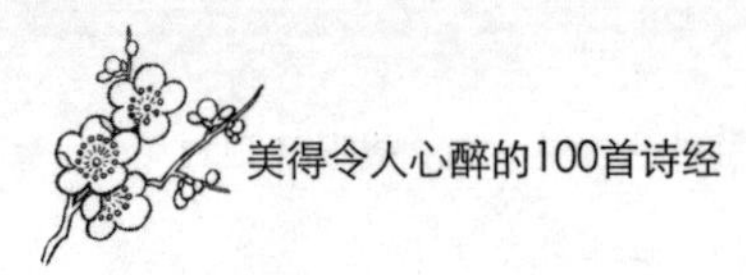

他，付出了一个女人一生中最宝贵的东西。原以为他会念起旧情将她留下，哪怕只是给她一个栖身之所，她也会感恩。可是，他依然坚持赶她离去，只为博取新妇的欢喜。

关于爱情，世世代代的话题大同小异。都说男人是视觉的动物，任你当初怎样陪他风雨无阻，等他事业有成，而你已半老徐娘时，他总会有离开的理由。

“忘我大德，思我小怨。”当不爱之时，男子就变得铁石心肠，他早已忘记女子与自己多年的情谊，在乎的只剩下女子身上那些微不足道的缺点。男子以此为借口，抛弃女子，可怜女子为了男子付出一切，到头来，却只能落得如此下场。

世间百态，看过了多少痴男怨女的故事里凄凄楚楚地诉说着“可以共患难，却难共享福”的怨怼。曾经是他许诺非她不娶，海誓山盟慢慢侵占她的心，她才在他一贫如洗寒窗苦读时爱上他。可是，时光踩着季节的脊背转过青春年少，他金榜题名日子富足，却宣布了她被弃的命运。是他喂她喝下了爱的蛊，却又将她深深辜负。

爱在时，任你撒娇耍小性子；不爱时，你就要学着知趣地走开。时代和命运给女子的自由太少，却要求她们太多。若以色事人，难得几时好；若以真情待人，也总被伤得体无完肤。所以《诗经》里的弃妇诗才特别多，又特别摧人心肠。

真正的爱情里，没有轻浮

《邶风·终风》

终风且暴[①]，顾我则笑。

谑浪笑敖[②]，中心是悼[③]。

终风且霾[4]，惠[5]然肯来。
莫往莫来[6]，悠悠我思。
终风且曀[7]，不日有[8]曀。
寤言不寐，愿言则嚏。
曀曀其阴，虺虺[9]其雷。
寤言不寐，愿言则怀。

【注释】

①终：既。暴：疾风。

②谑浪笑敖：戏谑。

③中心：心中。悼：烦忧，害怕。

④霾（mái）：沙尘飞扬的景象。

⑤惠：顺。

⑥莫往莫来：不相往来。

⑦曀（yì）：阴云密布的天气。

⑧不日：不见太阳。有：同“又”。

⑨虺（huǐ）虺：雷声。

有时候，调情跟示爱看起来差不多，不过示爱是真爱，而调情则可能离爱情越来越远。若男子面对女子时，总是笑容满面，能说会道，时不时开个玩笑，显得十分潇洒浪漫，女子恐怕会对此感到无法言说。她觉得爱情是一件严肃的事，就算一个人原本性格活泼，一旦遭遇爱情，也应当有一种庄重感——严肃对待这件生命中很重要的事情。

而《终风》里的这个男子，戏谑轻薄，爱情在他那里，还没有卸下面具，他还没有以最干净的心灵来面对。她想要的是一份真诚的爱情，而他肯拿出来的，只是一时的感情。

既刮风又下大暴雨，见我他就嘻嘻笑。戏言放肆真胡闹，心中惊惧好烦恼。

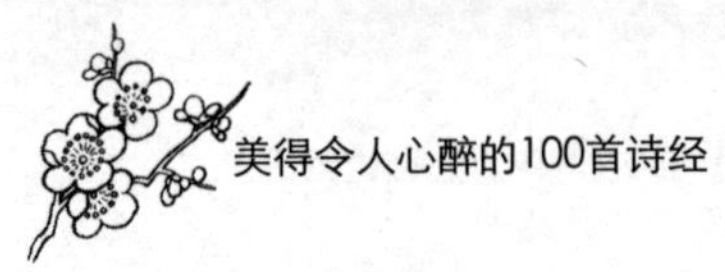

既刮风又尘土飞扬，是否他肯顺心来。别后不来难相聚，思绪悠悠令我哀。

既刮风又天色阴沉，不见太阳黑漆漆。长夜醒着难入眠，想他不住打喷嚏。

天色阴沉暗淡无光，雷声轰轰又开始响。长夜醒着难入眠，但愿他也把我想。

诗共四章，以女子的口吻，写到男子对她的态度总是不够尊重，为此她很苦恼。想到他，女子就忍不住埋怨。他的性子多像这天气，一时天晴一时雨，让人捉摸不透。可是他离去之后，她又开始想念。

所以就有了接下来的感慨，“寤言不寐，愿言则嚏”，希望他能够不停地打喷嚏，这样，他也许就会猜到是我在想他了吧。但天气是“曀曀其阴，虺虺其雷”，似乎再无明朗的希望，好似他们的感情也已走入困境。

一场以调情开始的爱情，是注定要走入困境的。张爱玲的名作《倾城之恋》中的范柳原和白流苏都是调情的高手，彼此调情，彼此精于算计，都不想真心以对，结果爱情变成一场没有休止的拉锯战。可见调情只会带来虚假的爱情，而真正的爱情里，没有轻浮，没有亵渎，只有天长地久。

若是安好，又何须描摹

《邶风 · 新台》

新台有泚①，河水②弥弥。
燕婉③之求，籧篨不鲜④。
新台有洒⑤，河水浼浼⑥。
燕婉之求，籧篨不殄⑦。
鱼网之设，鸿则离⑧之。
燕婉之求，得此戚施⑨。

【注释】

①新台：故址在今天的山东省甄城县黄河北岸，是卫宣公纳宣姜时所建。有泚（cǐ）：很鲜明的样子。

②河水：此处指黄河。

③燕婉：美好。

④籧篨（qú chú）：原意是粗竹席，比喻生有鸡胸，不能弯腰的人。一说蛤蟆。鲜：善。

⑤有洒（cuǐ）：高峻。

⑥浼浼（měi）：与“弥弥”意思相近，水满的样子。

⑦殄（tiǎn）：同“腆”，善。

⑧鸿：蟾蜍。离：通“罹”，遭受。一说通“丽”，附着，获得。

⑨戚施：驼背的人。

古时女子，终其一生所求也不过是一个如意郎君。若嫁对了人，一生幸福安稳；若所嫁非人，此世命运便会如风中飘

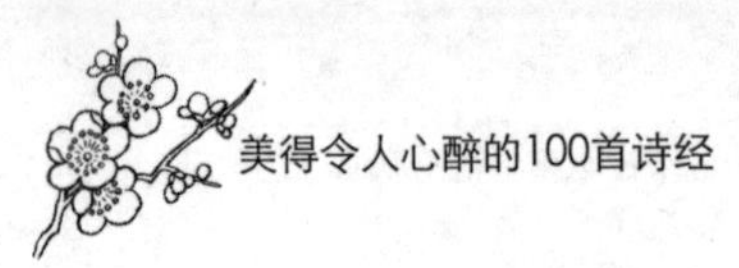

絮，水中飘萍，逐风散落，逐水凋零。

于诗词里翻来覆去演绎的，多的是所嫁非人的悲哀故事，只因诗向来穷而后工，命途乖蹇，穷途末路，才逼出了写诗的冲动，若是终生安好，又何须呕心沥血描摹爱情的形状。

越是倾城的女子，越要用生命来谱写悲喜传奇，越是美好的女子，越难以在爱情上如意，历来如此。齐僖公的女儿宣姜本已择好了夫君，卫国的太子，是她心目中风度翩翩的良人，她是满怀着对未来婚姻的向往，才含羞带笑地披上了华丽美艳的婚服，跋山涉水，远嫁异国。

那时，一切还未崩坏，都还明媚美好，她还不知道太子被卫宣公派往外地公干，并未在卫都等她。等到她抵达卫国，堂皇华美的表象才轰然褪去，等待着她的夫君，竟是老得可以当她父亲的卫宣公。

她本以为淇水河畔那座豪华的行宫“新台”，是安置爱情和幸福的温暖巢穴，却不料它只是一座精致的牢笼，锁住了一生的眼泪和悲愁。宣姜万般无奈地住进了新台行宫，很多次，她回想起自己的“燕婉之求”，那最初的对于幸福的单纯祈盼，总是忍不住心底翻涌上来的悲伤。

上对了花轿，却仍然嫁错了人，如此命运，怎堪面对？这位以美貌著称的齐国公主，何尝不是心比天高，定要世间无双的男子来匹配，才能心甘。谁知正是这绝世的美，惹来了卫宣公的垂涎，生生拆散了一对郎才女貌的鸳侣。

被人用这样卑鄙的行为骗婚，她除了默默接受，已经没有其他选择。在她单薄无助的身躯背后，站立着一国的臣民，她不能够为了一己幸福，招致两个国家的战乱。保不住自己的幸福，至少保住故国臣民的安乐，这或许已是她荒芜心灵的唯一慰藉。

卷七　多少痴情明天，一生只为一人醉

山坡上长满了树木，洼地上挺立着山梨树。心仪的人儿还未能见到，内心的忧虑尽情泛滥。这可如何是好？你已经将我全部遗忘了！

佳偶天成最是美

《召南·鹊巢》

维鹊有巢①，维鸠②居之。
之子于归，百两御③之。
维鹊有巢，维鸠方④之。
之子于归，百两将⑤之。
维鹊有巢，维鸠盈⑥之。
之子于归，百两成⑦之。

【注释】

①鹊：喜鹊。有巢：比兴男子已造家室。

②鸠：今名布谷鸟，这种鸟自己不筑巢，而是住在喜鹊的巢里。

③两：同“辆”。御（yà）：同“迓”，迎接。

④方：占有。

⑤将：送走。

⑥盈：满。此处指陪嫁的人众多。

⑦成：结婚礼成。

在遥远的先秦时代，“鸠占鹊巢”中的鸤鸠还不是不劳而获的狡猾之徒，喜鹊也不是辛辛苦苦筑巢，却把成果拱手让人的呆笨鸟儿，彼时，人的思想尚且纯净无邪，在他们眼里，喜鹊喜欢筑巢，鸤鸠要来同住，这是两种鸟的天性。好比姑娘出嫁住进夫家，一个是勤恳良厚如喜鹊的君子，一个则是温善德馨如鸤鸠的淑女，真是佳偶天成。

有巢，就是有了居室，有了安置爱情的小窝，如此一来，嫁娶自是水到渠成的美事。在这一袭盛大华丽的贵族婚礼中，百辆婚车一直延伸到视线尽头，像是在君子与淑女之间铺展开了通向幸福的大道。陪嫁的人群簇拥着婚车，热闹喜庆的氛围像海浪一样泛开。

在那个久远到男欢女爱都带着怀旧色的年代里，所有的欢心也都带着纯粹的色调，她奔上征程，车辆拥挤着，在亲人的祝福里为了一个未曾谋面的人义无反顾。这是一种蒙昧的勇敢，也是一种释怀的赌注，成与败都在掌心的纹理中。

每一步，他和他都在用心靠近幸福。“百两御之”时，她还在闺房里“犹抱琵琶半遮面”，只知道他来了，她要跟随一辈子的人已经踏进了她的生命。走到她身边时，他没有过多的停留，他是来迎亲的，礼节和仪式是例行常规。直到“百两成之”，揭开她的盖头，他才看到这个灼灼如桃的女子。

她也才看到，多少年的少女之梦，落定在眼前这个俊俏儒雅的俊杰身上。反复出现的“之子于归”，这个心灵深处的呼唤，在最合适的年纪得到了兑现。内心的渴望，让豪奢的场面成了这火热心情的陪衬。欢喜心情的表达，也让长篇的海誓山盟瞬间失色。

一切都幸福到完满。喜鹊是世上最爱助人的鸟，传说中的七月七日鹊桥会，便是喜鹊以身体搭建起连接织女和牛郎的天河之桥，牺牲身体为爱奉献。鹊巢，恐怕是人间最美好的爱巢了。

千山万水相阻隔，好生牵挂

《邶风·简兮》

简[①]兮简兮，方将万舞[②]。
日之方中，在前上处[③]。
硕人俣俣[④]，公庭万舞。
有力如虎，执辔如组[⑤]。
左手执籥[⑥]，右手秉翟[⑦]。
赫如渥赭[⑧]，公言锡爵[⑨]。
山有榛，隰有苓[⑩]。
云谁之思，西方美人。
彼美人兮，西方之人兮。

【注释】

①简：鼓声。

②方将：将要。万舞：一种舞蹈形式。

③在前上处：前列的第一个。

④俣俣（yǔ）：魁梧健美。

⑤组：丝织的宽带子。

⑥籥（yuè）：古乐器，三孔笛。

⑦翟（dí）：野鸡尾巴上的羽毛。

⑧赫（hè）：红色。渥（wò）：厚。赭（zhě）：红土。

⑨锡：通“赐”。爵：青铜制酒器，用来温酒和盛酒。

⑩苓（líng）：一说甘草，一说苍耳，一说黄药，一说地黄。

伴着时而急促如雨、时而稳如撞钟的鼓声，一场盛大的舞蹈演出马上就要开始，此时正值晌午时分，太阳刚好当头照射，而他在众多舞者中身处第一列，鹤立鸡群。他生得硕大魁梧，体态健美匀称，这时他来到公庭开始跳起万舞，如猛虎下山力大无比，手里紧紧地抓着一根缰绳，一前一后像在织布。

鼓点紧张急促，他左手挥舞着三孔笛，右手拿着野鸡的尾羽，两者交织在一起上下翻飞。不知是跳得累了还是心情太激动，只见他脸色红润如赭土一般，公爷看得也起劲，便上前赏酒一杯。

高高的山上榛树重生，地势低洼的湿地常常生长着苦苓。这曼妙的一切究竟是为了谁所造？到底有谁值得这样魂牵梦萦？原来是西方的美人。千山万水相阻隔，远在西方的美人让人好生牵肠挂肚。

“山有榛，隰有苓”，以树喻男子，以草喻女子，引出“云谁之思，西方美人”，舞者已离去，但因舞者而产生的思念没有因此而中断，舞者风度翩翩的样子早已深深刻在女子的心中，欣赏和敬佩最终化作了万般爱慕。

以“美人”言男子，真是绝代的风华，比起称女子为“美人”，那份美感更是入骨，让人忍不住去怀想那些与美有关或无关的曲折心绪和深婉风情。所以，清代学者牛运震说这首诗以“细媚淡远之笔作结，神韵绝佳”，好似这种美丽的情怀与姿态已透纸而出，直逼目前，让人不能自已就生出了欢喜与赞叹。

更何况女子中意的“美人”还是从“西方”而来，隔了遥远的距离，因而也就生出了氤氲难辨的美感，浑似《蒹葭》中那位可望而不可即的伊人，在恋慕者的心底，幻化出恒久的迷恋和追求。

爱上一个人，结局会如何

《鄘风·蝃蝀》

蝃蝀[1]在东，莫之敢指。
女子有行[2]，远父母兄弟。
朝隮[3]于西，崇朝[4]其雨。
女子有行，远兄弟父母。
乃如之人也，怀[5]昏姻也。
大无信[6]也，不知命[7]也。

【注释】

①蝃蝀（dì dōng）：彩虹。

②有行：指出嫁。

③隮（jī）：虹。

④崇朝：指从日出到吃早餐的时候。

⑤怀：与“坏”通用，有败坏、破坏之意。

⑥大：太。信：贞节。

⑦命：父母之命。

蝃蝀就是彩虹，又称美人虹，形状如带，呈半圆形，有七种颜色。彩虹一般出现在雨后初晴之时，事实上是雨气被太阳返照而形成的。古代科学技术并不发达，先民不懂彩虹形成的原理，因此觉得彩虹的出现预示着不好的兆头，尤其喻示阴阳不合、婚姻错乱。

当七色的彩虹从清新的雨意中挣脱出来，与初绽的日晖相映生姿时，今人恐怕要赞叹它无与伦比的美丽，古人却是满心的仓皇和担忧：

一条彩虹横跨天空，人们议论纷纷，却不知道这是什么东西，没有一个人敢用手指着它。一个女子出嫁了啊，从此远离了她的父母兄弟。

一条朝虹出现在西方，整个早上都下着蒙蒙细雨，连绵不断。原来是有个女子要出嫁啊，她就这样远离了父母兄弟。

这个坏女人啊，天底下竟然还有像这样不知廉耻的人，破坏婚姻可不是什么好礼仪啊！简直太没有贞操了，这样傲慢无礼的女子，让父母如何去依托？让一家老小还有什么脸面去生存？

不知诗中女子是婚后私奔还是临婚逃婚，但不可否认的是，那女子很有勇气，敢于做出如此大胆的举动，敢于追求自己的幸福。要知道，“私奔”在当时是十分忌讳的字眼，也是让家族蒙羞的丑事。否则，《蝃蝀》的作者不必说“莫之敢指”，人们对她的行径指指点点，议论纷纷，人言可畏，可见社会的传统观念带给女子多大的舆论压力，当时的礼教规范对婚恋自由又是如何横加干预。

在一个父母之命、媒妁之言决定女子一生幸福的年代里，一份爱不知要敌过多少阻碍，才得以修成正果。若爱上一个人，首先要担忧对方是不是爱自己，然后又要担忧彼此是否面临分离，接着便忧心于父母是否反对，舆论是否向着自己，若决心为了爱而出走，便要做好面对人言指责的准备。即便克服所有阻碍，与心爱之人结了婚，又要防着将来被弃的命运。可见做女子是难之又难的，便如《蝃蝀》，大家何以只责备女子不知廉耻，而不论与她私奔的男子是如何的罔顾伦理呢？

若非情长，便无岁月

《卫风·芄兰》

芄兰之支①，童子佩觿②。
虽则佩觿，能不我知③。
容兮遂④兮，垂带悸⑤兮。
芄兰之叶，童子佩韘⑥。
虽则佩韘，能不我甲⑦。
容兮遂兮，垂带悸兮。

【注释】

①芄（wán）兰：亦名女青，荚实倒垂如锥形。支：借作“枝”。

②觿（xī）：象骨制的解结用具，形同锥。

③能：通“而”，一说“岂”“宁”。知：了解，一说“接”。

④容、遂：舒缓悠闲之貌。

⑤悸：原指心动，此处指衣带摆动。

⑥韘（shè）：象骨制的钩弦用具，套于右手拇指，射箭时用于钩弦。

⑦甲：借作“狎”，亲昵。

李白在《长干行》中写下的那句“郎骑竹马来，绕床弄青梅”，不知让多少人对两小无猜、青梅竹马的纯真情愫有了美好的赞赏和期待。那个“妾发初覆额，折花门前剧”的小小少女，当是情窦初开的少年心底最长久的记忆；而骑着竹马绕青梅的顽劣小儿，也应是芳心初绽的女孩眼中最可亲的存在。

那是太过干净的情愫，只是倾心着生命里最初相遇的那个人，没有计较，没有比量，不沾染丝毫浮世尘埃。不论此后如何历遍了沧桑，在岁月里摧折了容颜和心志，这份干净情愫也依然留在内心最深的角落，被回忆不断滋养，精心呵护。

然而在现实里，两小无猜的年纪总是倏忽而过，待两个人都有了心事，亲密的距离就会变得疏离。就像芄兰初生长时，尚是浑然不解世事地伸展着幼嫩枝叶，牵惹路人驻足，一旦结了沉甸甸的果实，就意味着繁衍的季节到了，再也不是从前天真的模样了。

渐渐长大的男孩儿开始崇尚成人的体魄，他喜欢穿着大人的衣服，戴上大人佩戴的“觿”和“韘”，在邻家的孩子们面前夸耀自己已经成人。他在女孩儿面前不免露出倨傲的神情，仿佛不屑再与她嬉戏玩耍。

女孩儿自然生出了恼恨之意，她对他的打扮十分看不惯：“那不过是装模作样假正经罢了，瞧他那副羞人的模样。”长大真是件恼人的事，仿佛是一夕之间，她和他之间开始有了男女之别，有了矜持的阻隔，她的心意忽然之间隔了遥远的距离，似乎再也无法抵达他。

可是她还记得，两人从前一起玩时是那么亲昵，无拘无束，如今呢，他的态度变得这样冷落，他的穿着、配饰、情态，处处招她生气，原来的他可爱、可亲、可昵，现在的他可气、可恼、可恨。实则恼人的哪里是拆散青梅竹马的岁月，不过是情长罢了。若非情长，若非自幼及今的依恋和绵绵情意，她也不至于恼恨至此。

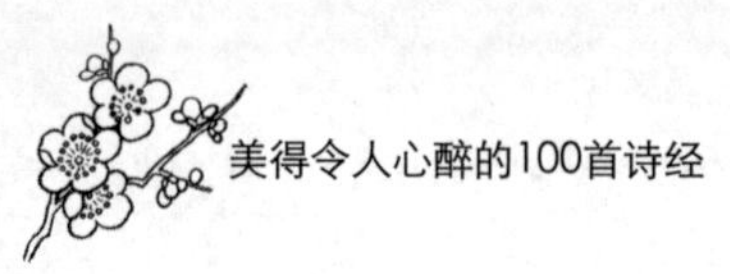

一心向着幸福进发

《王风·大车》

大车槛槛[①]，毳衣如菼[②]。
岂不尔思，畏子不敢。
大车哼哼[③]，毳衣如璊[④]。
岂不尔思，畏子不奔。
穀[⑤]则异室，死则同穴。
谓予不信，有如皦[⑥]日。

【注释】

①槛槛（kǎn）：车轮的响声。

②毳（cuì）衣：一种礼服，上面绣着五彩的花纹。菼（tǎn）：芦苇的一种，也叫荻，茎较细而中间充实，颜色青绿。此处以之比喻毳的颜色。

③哼哼（tūn）：重滞徐缓的样子。

④璊（mén）：红色美玉，此处喻红色车篷。

⑤穀（gǔ）：生，活着。

⑥皦（jiǎo）：同“皎”，明亮。

在那个婚姻尚需要媒妁之约和父母之言的古老年代，《大车》可说是男女大胆追求爱情的代表。在家人的反对下，男子要求女子与自己私奔，固然是大胆至极，女子决意将命运全然交付出去，恐怕需要更大的勇气。

女子起初是迟疑的，可是男子指天发下重誓，“穀则异室，死则同穴”，强硬而决绝的宣誓，这份决心，不需要海誓山盟，已经能证明他的爱意。他只需要女子点头，便能够带着女子天涯海角，四处为家。

男子的宣誓，应该也是让女子感动得泣涕涟涟，可是私奔之事非同小可，她一个弱女子，如何能担当起这样大的决意。况且，就算她真的舍弃了家人和安逸的生活，随同男子离去，谁能保证日后男子不会变心遗弃自己，到那时只怕自己后悔已晚。

很多时候，男子对爱的坚定是靠不住的。多少男人，因着那功名，因着那别处桃花轻易转了心意，变了心思。在那个女子无法真切把握自己命运的时代，将自己全然交付给一个男子，是应该值得三思的。

这厢女子还在踟蹰；那厢，为了爱情已经快要发狂的男子继续在为他的爱情做表白：“我们一起走吧，就让我赶的这辆大车带着我们远走高飞，我们一生一世都要在一起，如果你不信我，我可以对着高高在上的太阳起誓。”

古人指天发誓的行为是十分慎重的。那个时候，他们坚信违背誓言会遭受天谴。所以，男子的指天发誓，确实能够打消女子的疑虑，让她愿意放下一切负担，与他一同驾车离去。诗歌在男人铿锵有力的誓言声中戛然而止。

女子定会与男子私奔，共同去建造属于他们的幸福生活，就像把此后漫长的余生拿去豪赌，为自己的终生幸福进行一场华丽的冒险。无论迎来什么样的结局，女子大概都不会后悔了，只因这是她自己定下的赌局，一旦押下筹码，便义无反顾，断去所有退路，只是一心向着幸福进发。

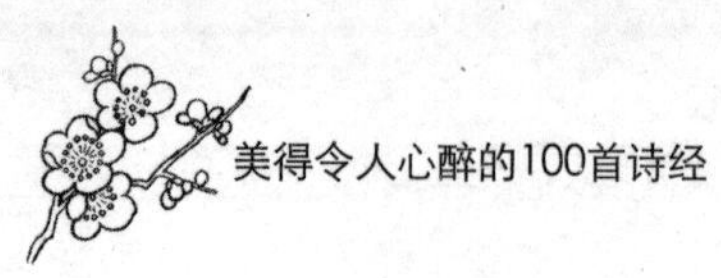

画地为牢，将一生交付

《郑风·女曰鸡鸣》

女曰鸡鸣，士曰昧旦①。
子兴视夜②，明星有烂③。
将翱将翔④，弋凫⑤与雁。
弋言加⑥之，与子宜⑦之。
宜言饮酒，与子偕老。
琴瑟在御⑧，莫不静好。
知子之来⑨之，杂佩以赠之。
知子之顺之，杂佩以问⑩之。
知子之好之，杂佩以报之。

【注释】

①昧旦：天色将明未明之际。

②兴：起。视夜：察看夜色。

③明星：即星明，星光明亮。有灿：灿烂，明亮。

④将翱（áo）将翔：已到破晓时分，宿鸟将出巢飞翔。

⑤弋：用生丝做绳，系在箭上射鸟。凫：野鸭。

⑥加：射中。

⑦与：为。宜：即“肴”，烹调菜肴。

⑧御：弹奏。

⑨来：殷勤体贴之意。

⑩问：赠送。

黎明时分，微弱的晨光从窗棂透进来，一个翻身，睡眼蒙胧之际，看到心爱的人就躺在身边熟睡。这样的感觉该是别样温馨的吧。能够在此时守着心爱的人，一起沉入梦乡甜甜睡去，该是多么幸福的事情。

她知道他总在黎明破晓前睡意阑珊，但纵有千般不舍，纵然也喜欢看着他在枕边安睡，她还是得唤醒他。

庶民的爱情有时候和面包有着不可调和的矛盾。你说你不爱虚荣，不要花前月下，只要可以和他在一起，食不果腹、衣不蔽体你都愿意忍受。可是一个曾经许诺要给你幸福的男子又怎能接受你如此的付出。更何况家庭生活里，男女都必须担当更多的责任和义务，所以她必须忍着心疼把他唤醒。

她轻声唤他起床，他却梦呓似的说：“哪有啊，你看窗外的星星还亮得很呢。”他也极力地想睁开眼，瞬间又被困意打败，转身继续睡去。她便用撒娇的口吻道："你看外面的鸟儿飞来飞去，赶紧去射点野鸭和鸿雁来，我给你做成美味好不好。然后，咱们喝点小酒，由此，咱们夫妻俩是不羡鸳鸯不羡仙了。"话说到这份上，哪一个铁石心肠的男子忍心拒绝这份温柔呢，纵使再困再累，也会愤然而起，为心爱的人努力拼搏。

诗人在这里显出了独到之处，他没有写男子的反应，也没有描述男子的心理，而是采取了留白的方式。那名男子是否立即起身，我们不得而知，也不必揣测。然而，"琴瑟在御，莫不静好"一句，却将两人的关系舒缓展开。拿琴瑟喻之，言岁月静好，图个现世安稳，爱如细雨，润物无声。

爱情原本就是如此简单。男子需要女子那一低头的温柔，只要你安安静静地仰视他，毋庸要求，他便会为你的喜怒倾其所有。而女人，只要你对她始终如初，她就会愿意为你画地为牢，将一生交付。诗中的男子和女子始终这样对待彼此，感情质朴如明镜，看不出一丝暗纹。

命定的那一个，不可更改

《郑风·出其东门》

出其东门，有女如云。
虽则如云，匪我思存[①]。
缟衣綦巾[②]，聊乐我员[③]。
出其闉阇[④]，有女如荼[⑤]。
虽则如荼，匪我思且。
缟衣茹藘[⑥]，聊可与娱。

【注释】

①思存：想念。

②缟（gǎo）：白色。綦（qí）巾：暗绿色佩巾。

③聊：愿。员：语助词。

④闉阇（yīn dū）：外城门。

⑤荼（tú）：茅花，白色。茅花开时一片皆白，此亦形容女子众多。

⑥茹藘（rú lǘ）：茜草，其根可制作绛红色染料，此指绛红色蔽膝。

郑之春日，乃是“士女出游”，谈情说爱的最美妙时节。在清波荡漾的溱洧河畔，一起相会、笑语、相谑，好不自在。

郑都东门外，众多女子裙裾飞舞，男子们眉眼四飞，在美不胜收的秀色中，无法安分。而眼下这位男子却在众女中独独看到了自己命中的那个女孩。

刹那，情思迸发。春日流光，那情爱的思绪是管也管不住地流淌了一地，瑰丽浓烈。弱水三千，只取一瓢饮，只有那个穿着素色裙子，系着暗绿色佩巾的女子，才是他心中的唯一。

那位女孩应当是幸福万分，要知道，男子的心多是善变多情，一时的定情容易，长久的守情却难。哪个女子不愿意找个痴爱到极致的男子共度一生呢，自古女子争风吃醋也不过是为了一份完整的爱。

“她”偏偏遇见了这样专情的男子，他对她说“出其东门，有女如云”，那么多灿烂缤纷的女子，都不是他心之所系，不是他将思念安置的地方。她也是个聪慧的女子，不悲不喜地听他诉说。

围着他盘旋的女子并不少吧，他偏偏看中了衣着素朴的她。不是因为美貌，不是因为家境地位，只是因为在如云的美女中，她那么醒目，气质那么干净清新，更因为她是茫茫人世间专属于他的那一个，命定的那一个，不可更改。

世界向来不是单一的色彩，花花草草招致了无定性的虫儿蝶儿，但不是所有的人都喜爱美艳的风景，总有人爱那平凡无奇、一无雕饰的景致，总会有个情谊甚笃的男子为他心中“非她不可”的那个人而不顾一切。男子的痴情终是有的，就看你有没那种福分，能让绝世男子对你一见倾心。

爱之太深，所以忧之太切

《秦风·晨风》

鴥彼晨风[①]，郁[②]彼北林。
未见君子，忧心钦钦[③]。
如何如何，忘我实多。
山有苞栎[④]，隰有六驳[⑤]。
未见君子，忧心靡乐。
如何如何，忘我实多。
山有苞棣[⑥]，隰有树檖[⑦]。
未见君子，忧心如醉。
如何如何，忘我实多。

【注释】

①鴥（yù）：鸟疾飞的样子。晨风：即鹯（zhān）鸟，属于鹞鹰一类的猛禽。

②郁：郁郁葱葱，形容茂密。

③钦钦：忧而不忘之貌。

④苞：丛生的样子。栎（lì）：树名。

⑤六驳（bó）：木名。

⑥棣：唐棣，也叫郁李，果实是红色的。

⑦树：形容檖树直立的样子。檖（suì）：山梨。

鹯鸟匆忙飞行，飞入了北边的茂密树林中。想念的人儿却未能见到，内心忧虑的情思无法平复。这可如何是好呢？难道你真的将我忘干净了？

山上有着茂密的栎树，洼地上的树木也丛杂而生。意中人至今未能看到，内心的担忧无法消除。这可如何是好？难道你将我忘记得这么彻底？

山坡上长满了树木，洼地上挺立着山梨树。心仪的人儿还未能见到，内心的忧虑尽情泛滥。这可如何是好？你已经将我全部遗忘了！

诗歌以“山有……隰有……”起兴，女子看到飞鸟都归入了山林，而自己却总是等不到心爱的男子前来，心中充满了隐忧。

恋爱中的女人喜欢胡思乱想，这是她们表达自己爱意和担忧的一种方式。她们无时无刻不在担心自己爱的男人能否遵守最初的誓约，和自己一生一世，牵手偕老。都说女人是缺乏安全感的动物，不是没有道理的。在女人的眼中，爱情是她们人生的支撑，尤其是在上古时期，那时的女子除了期盼嫁给一个能够安心依托终生的男人，还能对自己的人生有何要求呢？

整首诗在浅浅的吟唱中，将想念情人的心绪层层跌宕展开，犹如湖中水纹，一层一层在思念的微风中荡漾开去。

等待的过程，也就是猜测万般可能的过程。真等见到他了，依着他的时候，心里的怨气也就瞬间遁去。这就是诗中女

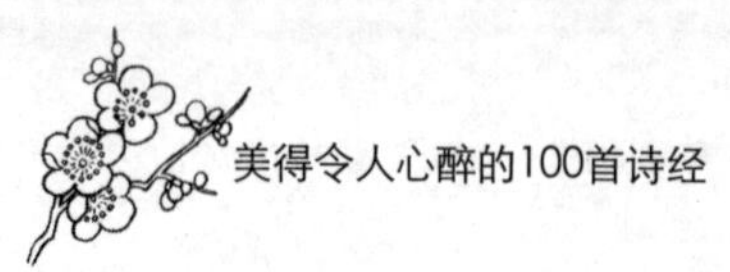

子那一丁点的要求。她卑微地希望能够抬眼间在眼眸中印下男人的影子。只要片刻见不到男子，她就会觉得情无所托。情至深处，这种患得患失的情绪便会愈演愈烈。或许，我们可以这样理解，正是因为爱之太深，所以忧之太切。

无人可以倾诉，却兀自盛放

《陈风 · 宛丘》

子之汤①兮，宛丘②之上兮。
洵③有情兮，而无望兮。
坎④其击鼓，宛丘之下。
无冬无夏，值⑤其鹭羽。
坎其击缶⑥，宛丘之道。
无冬无夏，值其鹭翿⑦。

【注释】

①汤（dàng）：“荡”之借字。此处形容舞姿摇摆奔放。

②宛丘：陈国丘名。

③洵：实在是。

④坎：击鼓声。

⑤值：持。

⑥缶（fǒu）：瓦盆，一种打击乐器。

⑦翿（dào）：即诗中的“鹭羽”，是一种用鹭鸟羽毛制作的伞形舞蹈道具。

《诗经·陈风》是一部浓郁的民俗风情画卷。展开“陈风”的卷轴，扑面而来的是陈地的风俗人情，以及陈地的繁荣与富庶。那里土地肥美、人烟稠密、物产丰富、文化兴盛。也正因为生产力发展水平较高，祭祀等活动便尤为盛行，巫风在陈地有着久远的历史和良好的传承。

舞蹈是巫风最主要的表演形式。男主人公在宛丘的游乐盛会上，爱上了一位能歌善舞的女子。全诗三章，着力描写女子“无冬无夏，值其鹭翿”的舞蹈动作，表现男主人公对她的倾心。

巫女的舞姿摇摆不息，热情奔放，在古老的陈地宛丘之上妖娆绽放。她的舞姿不断变幻，不断牵动男子的情思。她时而如一朵摇曳的蓝色妖姬，时而又似黑色的鸢尾花那样神秘迷离、风姿绰约，有时却如最娇贵的紫色睡火莲，渲染出漫天繁华，转瞬即已凋零。

男子对舞蹈者见之倾心，爱慕已深，可是巫女自顾欢舞，哪里能察觉那位观赏者心中涌动的情愫。单恋的主人公不由得心生惆怅，发出了“洵有情兮，而无望兮”的慨叹。

接着，在欢腾热闹的鼓声、缶声中，巫女不断地跳着舞，从城里舞到城外，从寒冬舞到炎夏。时空变化了，她的舞蹈仍是那么热烈奔放。主人公的一双眼睛始终深情地关注着她，记录着她的每一个舞步。

巫女分明是手执鹭羽，带领全场人一起跳舞，男子的眼中却始终只有她一人的身姿，好似在欣赏一场盛大的独舞。而他内心这份单方面的恋慕，何尝不像一场至无人处潸然泪下的独舞，无人可以倾诉，却兀自盛放着，从城里到城外，从寒冬到炎夏，蓬勃地燃遍了整个时空。

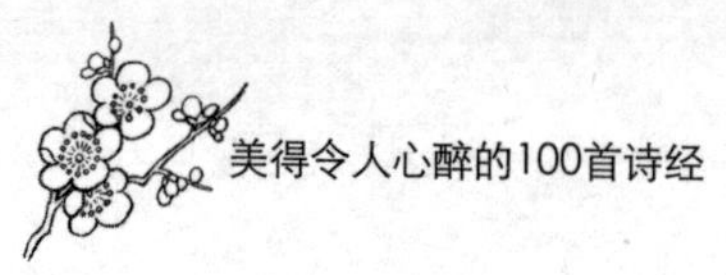

终有一日，尘埃落定

《召南·何彼襛矣》

何彼襛[①]矣？

唐棣[②]之华。

曷不肃雝[③]？

王姬[④]之车。

何彼襛矣？

华如桃李。

平王之孙[⑤]，齐侯之子[⑥]。

其钓维何？

维丝伊缗[⑦]。

齐侯之子，平王之孙。

【注释】

①襛（nóng）：花木繁盛的样子。

②唐棣（dì）：树名，又作棠棣、常棣。

③曷（hé）：何。肃：庄严肃静的样子。雝（yōng）：和谐、和乐；雍容安详。

④王姬：周王的女儿，姬姓，故称王姬。一说为美女的代称。

⑤平王之孙：指谁无定说，一说非实指，是对男女婚姻的夸美之词。

⑥齐侯之子：齐国诸侯之子，或谓与“平王之孙”一样无实指。

⑦其钓维何，维丝伊缗（mín）：是婚姻恋爱的隐语，或指男女双方门当户对、婚姻美满，或指用适当的方法求婚。

爱情都讲究“门当户对”，婚姻也总跟“般配”二字形影不离。《西厢记》中的穷书生张生，爱上贵族小姐崔莺莺，郎才女貌，二人亦是心意相通，最终到底也要待张生考中状元，这桩姻缘才称得上实至名归。《红楼梦》中，宝玉虽将黛玉引为知音，惺惺相惜，结果也仍要循着“金玉良缘”与宝钗成婚。

每段爱情都需要一个外在的“契机”，或者满足一个般配的“条件”。所谓的命中注定，其实也是合了自己的心意，如若不然，何以茫茫人海中的两个人能够走进彼此心底，结下一段尘缘？

看《何彼襛矣》中的那场婚礼，如此浓丽绚烂，新嫁的人儿如同唐棣花般娇艳美丽，让人不禁好奇，究竟是怎样的良人，才配得上这般隆重热闹的排场。

随即谜底揭开，原来是

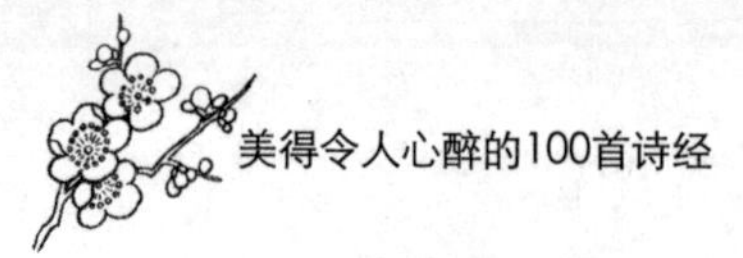

王姬出嫁的车驾，怪不得如此奢侈华美。前来迎娶她的人，自然不是普通的男子，他是平王之孙、齐侯之子，身份尊贵、家世显赫，足以与王姬相配。新郎新娘正当一生最好的年华，一个是锦衣华服、走马风流，一个是灿若星华、轻灵翩跹，恰若春日开得最盛的桃红李白，刹那间就侵袭了整片晴空。

如此门当户对的美满婚姻，怎不让人赞叹！

都说携手终生的人必得与自己心灵相通，否则门户再如何登对，也不过是于外在的繁华锦上添花，内在相契的喜悦却一片荒芜。所以，古时才会有那么多关于私奔的浪漫故事。可是，有些人的爱情却不必求得这样一种燃烧，他们从一开始就只是安静地等候，等候着青春的悸动平复，化入此后平缓的生命之河；等候终有一日，尘埃落定，水到渠成，前世修了一百年的缘分不偏不倚地来到眼前。

卷八　往事不要再提，人生几多风雨

美人如诗，句句斑斓；美人如酒，口口余香；美人似画，笔笔传神；美人是梦，翩跹云端。

区区弱女子，竟如男儿郎

《鄘风·载驰》

载驰载驱，归唁卫侯[①]。
驱马悠悠，言至于漕。
大夫跋涉，我心则忧。
既不我嘉，不能旋反。
视尔不臧，我思不远[②]。
既不我嘉，不能旋济。
视尔不臧，我思不閟[③]。
陟彼阿丘，言采其蝱[④]。
女子善怀，亦各有行。
许人尤[⑤]之，众[⑥]稚且狂。
我行其野，芃芃[⑦]其麦。
控[⑧]于大邦，谁因谁极[⑨]?
大夫君子，无我有尤。
百尔所思，不如我所之。

【注释】

①唁（yàn）：向死者家属表示慰问，此处不仅是哀悼卫侯，还有凭吊宗国危亡之意。卫侯：指已死的卫戴公申，即作者之兄。

②远：忘。

③閟（bì）：同“闭”，闭塞不通。

④蝱（méng）：蝱是莔的假借字。指贝母草。

⑤尤：责怪。

⑥众：“众人”或“终”。

⑦芃（péng）芃：长得很茂盛的样子。

⑧控：赴告。

⑨因：依靠。极：至，此处指援助者的到来。

在先秦诸侯国里，以美貌闻名的诸侯之女不乏其人，仅以才学名盛一时的女子却只有许穆夫人。这位身负“中国第一位女诗人”称号的奇女子，出身于王公世家，高贵典雅、才情超众、英姿飒爽、坚毅果决，当真是将那些空负美貌的莺莺燕燕比了下去。

寻常女子，无论贵贱，皆盼着觅得一生一世的良人，好为终生的幸福寻一个依靠。许穆夫人却不是如此，她是连终身大事的选择都要与众不同的。她曾向父亲建议，将她嫁往齐国，并非因为齐国有她的心仪郎君，她要嫁的只是齐国的强大。婚姻一事于她，可低微至尘埃，亦可重如泰山。低微在于，将自身幸福牵系于男子一身，她不屑为之；重大在于，她愿意用婚姻去换取一国臣民的安宁。

只可惜，父亲兄长皆不是她的知音。写《载驰》时，她已是许国穆公仪态万方的新妇。彼时，她的故国卫国遭逢亡国之灾，兄长戴公身死，她区区一个弱女子，竟为了悼唁戴公，怀着游说大国帮助复国的壮志，自作主张离开许国，驱车奔卫。

今日再看这位奇女子为避开许国诸侯追赶，孤身驾车奔驰于大道的景象，内心是不能不为之震撼的。以柔弱身躯肩负起一国之兴亡，就连男子也难有这般勇气。当她驱车来到故国的原野，看着一望无际的青青稻麦，心中的故国之思、炽烈的故土之爱，只怕是再也难以抑制，她设想着能够登上故国高高的山岗，摘一把贝母草，解开心中深深的忧伤。

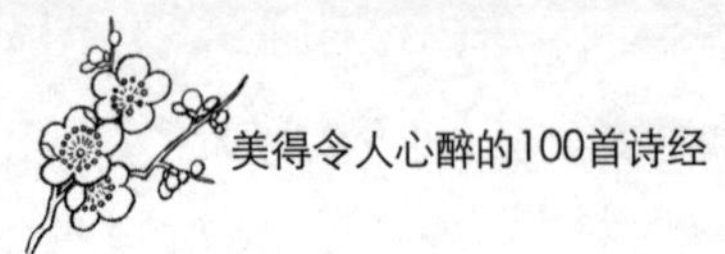

旁人抒故国之思，无非想之念之，将那满腔乡愁揉进永不褪色的回忆，许穆夫人眷恋故土，却是要以身赴险，用自己的慧智仁心去挽回一个将亡之国的国运。那一把生长于故土的贝母草，并不能疗愈她去国万里的忧伤，唯有付出一切，扭转了乾坤，她才能真正得到慰藉。

说来说去，不过是惹人浮想

《鄘风·墙有茨》

墙有茨[①]，不可埽[②]也。
中冓[③]之言，不可道也。
所可道也，言之丑也。
墙有茨，不可襄[④]也。
中冓之言，不可详[⑤]也。
所可详也，言之长也。
墙有茨，不可束也。
中冓之言，不可读也。
所可读也，言之辱也。

【注释】

①茨（cí）：蒺藜。

②埽：即“扫”。

③中冓（gòu）：内室，宫中隐秘之处。

④襄：除去。

⑤详：借作“扬”，传扬。

自古宫闱深宅、高墙大院中多有见不得人的丑事，夺利争权，争风吃醋，纷纷扰扰数千年。《红楼梦》中柳湘莲说贾府，便说它只有门前两头石狮子干净，虽是愤激之言，却精辟犀利，将历史中那些被掩埋的沉渣通通翻卷了进来。

有权势利益可争之处，总有一些罔顾亲伦人性的所作所为，也总有一些难堪的秘事丑闻。当事人自是对此讳莫如深，避而不谈，而丑闻的尘埃却终会飞出高墙深院，飞过每一个人的耳目唇舌。

宫闱丑事一旦发生，就不可能被封存成一个永恒的秘密。就像岁月不动声色地雕蚀了生命，再微小的缝隙也能生长出顽强的草木，只要是真相，就终将穿越权势的阻隔、时光的消磨、历史的烟尘，大白于天下。防民之口，甚于防川，想堵住人们的嘴，就像拔出墙头根深蒂固的蒺藜草一样困难。

人皆道《墙有茨》暗指卫宣公的丑事，实则宫中隐秘之事，哪朝哪代，哪个诸侯国家都有，又岂止是卫宣公一人所为。诗人本是要向人讲述一件发生在深宫中的人尽皆知的丑闻，却只反复地说“不可道也”。确实如此，既已人尽皆知，又何须再说，说来说去，也不过是为了惹人浮想、一探究竟罢了。

纵情作乐于深深侯门宫苑中的人，总在掩耳盗铃，以为自己的所作所为瞒过了天上神灵、人间众生，却不知神灵无处不在，众生芸芸不息，时间自会给所有人一个公正的答案。

历史往事如潮水般退去，最终只留下细枝末节被深埋在历史的罅隙之中，虽说尘埃已经落定，但有朝一日，这些丑闻终会风化成石，斑斑驳驳地被后人挖出，赋予它们自有的定义和价值。

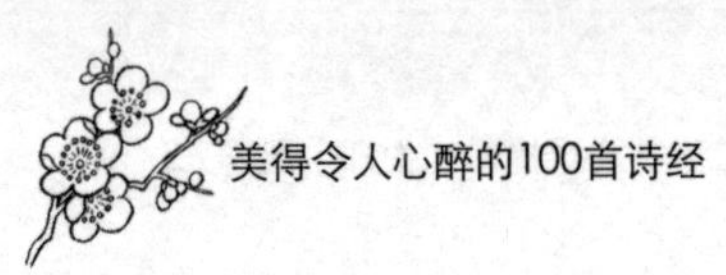

并不张扬，却未曾有一日搁浅

《卫风·竹竿》

籊籊[①]竹竿，以钓于淇。
岂不尔思[②]，远莫致之。
泉源在左，淇水在右。
女子有行[③]，远父母兄弟。
淇水在右，泉源在左。
巧笑之瑳[④]，佩玉之傩[⑤]。
淇水滺滺[⑥]，桧楫[⑦]松舟。
驾言出游，以写[⑧]我忧。

【注释】

①籊籊（tì）：长而尖细的样子。

②尔思：想念你。

③行：远嫁。

④瑳（cuō）：露齿巧笑状。

⑤傩（nuó）：行动有节奏的样子。

⑥滺（yóu）滺：河水荡漾之状。

⑦楫：船桨。

⑧写：通“泻”，排解。

很难想象《载驰》中那个孤身救国的巾帼英雄也曾有如此美好的少女时代，淇水边垂钓荡舟，城郊外骑马射箭，天真无忧，让她在嫁到许国后不止一次地怀念，甚至忍不住要写下来，以薄祭那永不再来的曾经。

大概在许穆夫人的心目中，这些往昔故事都是甜蜜的回忆，她的少女时期，在淇水河边用长长的钓竿垂钓，那汩汩的泉水和欢快流淌的淇水都是她的伙伴，只是女大当嫁，在许穆夫人成为一名明眸皓齿的姑娘时，也必须身佩环佩，乘着小舟顺流而下，飘向那遥远的地方嫁为人妇，纵使再思念家人，路程也太过遥远，她只能独在异乡为异客，黯然品尝孤独的滋味，只能用那些点点滴滴美好的往事，来抚慰内心的忧伤。

人在满怀愁绪时，最易触景伤情。此时她在异乡见到青翠细竹，立刻便想起往日执竹竿制成的渔竿与伙伴一同垂钓淇水的情景。那时的生活多么惬意快活，让她怀念至今，只可惜嫁人之后，远离故土，路途遥远，连探望旧友和亲人都成了奢望。

回想当初，她乘舟离开故国，碧波万顷的淇水滚滚流去，清冽的泉水静静流淌，送走了亲人殷殷的牵挂和留恋，如今，她多盼望能够再次回到故国，看魂牵梦萦的淇水是否依旧是梦中的明丽模样，看那目送她离去的泉水是不是仍旧会迎她归来。

她想象着，若再一次回到故乡，她定然已不是从前天真可爱的小儿女模样，而是一位举止有节、雍容大方的成熟贵妇了。来到淇水河畔，她也不会再执竿垂钓，而是乘坐在松木做成的小舟上，缓缓驶过微澜的水面，游赏经年未见的美景，将内心浓浓的乡愁平静地化入不息东流的江水，就像汩汩流淌进淇水的泉水，并不张扬奔腾，却未曾有一日搁浅。

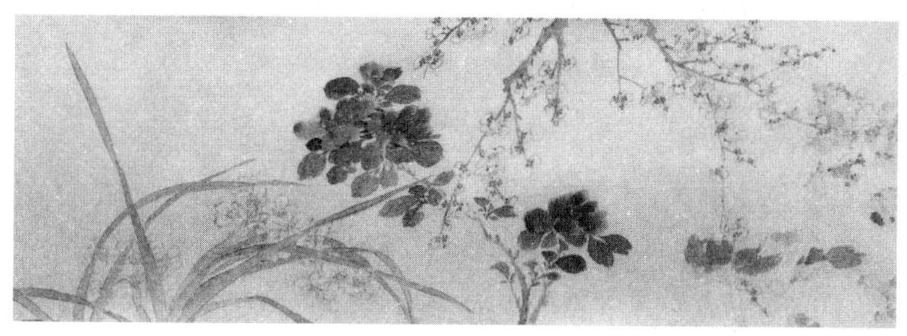

世事人生，由不得她做主

《鄘风·君子偕老》

君子偕老，副笄六珈[1]。
委委佗佗，如山如河[2]。
象服是宜，子之不淑，云如之何。
玼兮玼[3]兮，其之翟[4]也。
鬒[5]发如云，不屑髢[6]也。
玉之瑱[7]也，象之揥[8]也，扬且之皙也。
胡然而天也，胡然而帝也。
瑳兮瑳[9]兮，其之展也。
蒙彼绉絺，是绁袢[10]也。
子之清扬，扬且之颜也。
展如之人兮，邦之媛也。

【注释】

①副：妇人的一种首饰。笄（jī）：簪。珈（jiā）：饰玉。

②委（wēi）委佗佗（yí），如山如河：一说举止雍容华贵、落落大方，像山一样稳重、似河一样深沉。一说体态轻盈、步履袅娜，如山一般蜿蜒，同河一般曲折。

③玼（cǐ）：花纹绚烂。

④翟（dí）：绣着山鸡彩羽的象服。

⑤鬒（zhěn）：黑发。

⑥髢（dí）：装衬假发。

⑦瑱（tiàn）：冠冕上垂在两耳旁的玉。

⑧揥（tì）：象牙做的簪。

⑨瑳（cuō）：玉色鲜丽洁白。

⑩绁袢（xiè fán）：夏天穿的白色内衣。

美人如诗，句句斑斓；美人如酒，口口余香；美人似画，笔笔传神；美人是梦，翩跹云端。

在《君子偕老》中，美人犹如画中走出，她的举止雍容又华贵，服饰明丽又鲜艳，玉簪首饰插满头，好像云中飘下，落入凡尘的仙女，只是这位女子并没有偶遇奇缘，反而是一生蹉跎，到头来物是人非，空留余恨。

谁也无法拿手中的绝世容颜交给命运做抵押，好换得一个美满幸福的人生终局。美丽与幸福，从来都站在天平的两端，此消彼长，你看得太重，我就看得轻贱。美丽的宣姜本是要嫁给翩翩美少男卫国太子，结果却嫁给了禽兽不如的卫宣公。这本已是不幸之至，命运却偏要给她更大的磨难。

卫宣公死后，宣姜已年逾三十，但想来依然风貌不减当年，不然也不会被昭伯青睐。这位当日身着艳丽服装，披着轻纱为外衣的清秀女子，今日再次披上嫁衣，作为政治的牺牲品，嫁给一个她并不爱的人。这位世间难求的女子，竟然就这样在男人们的权利欲望中，辗转漂泊。

宣姜再次下嫁给原太子的同母弟弟昭伯，以安慰亡灵的名义，巩固两国交好。这番交易般的姻缘，宣姜自是不愿意缔结，但世事人生，从来都由不得她做主。

她是那样的美，美得天地都要嫉妒，可是她的美除了给她带来命运的翻云覆雨，身不由己，什么都不是。

最初，她是齐侯之女，他是卫国太子，这本该是一个王子与公主幸福生活在一起的故事，可是命运之轮一开始便已逆转，此后便是止也止不住的崩坏。王子公主，最后竟然是这样

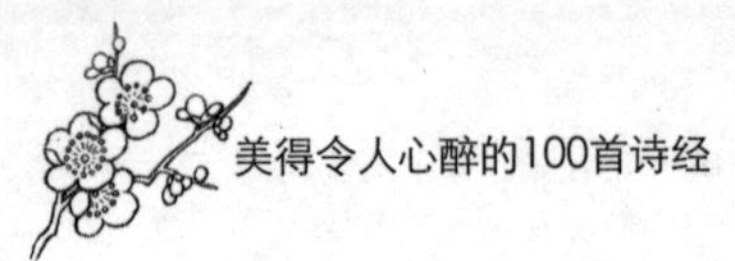

的结局。不知多年之后，当宣姜凋残了绝世容颜，是否会有这样的痛切领悟：纵使有倾城的容颜，当错走了第一步的时候，身后便已是无法回头的悬崖峭壁。

信手拈来都是信物

《卫风·木瓜》

投我以木瓜①，报之以琼琚②。
匪报也，永以为好也。
投我以木桃③，报之以琼瑶。
匪报也，永以为好也。
投我以木李④，报之以琼玖。
匪报也，永以为好也。

【注释】

①木瓜：一种落叶灌木（或小乔木），蔷薇科，果实长椭圆形，色黄而香，蒸煮或蜜渍后供食用。与今天的木瓜不是同一种植物。

②琼琚（jū）：美玉，与下面的“琼玖”“琼瑶”意思相同。

③木桃：果名，比木瓜小。

④木李：果名，又名木梨。

湿热的暖风环境中，窗外枝头的青木瓜在蝉鸣中早熟，剖开的青木瓜里边是满满一瓢金黄色瓜子，而木瓜丝摆放在磁盘中闪耀着珍珠般的色泽。

看到木瓜，自然就想到了这句“投我以木瓜，报之以琼琚”，就像“关关雎鸠，在河之洲。窈窕淑女，君子好述……”一样，它们挂在中国文化的屋檐下几千多年，只要有风吹过来，就会有玲玲般好听的声音响起。

女孩看见心仪已久的男子走过，随手将一只木瓜投给了他。女孩不语笑嫣然，而男孩早已心领神会，忙把自己随身携带的玉佩赠送给了姑娘。因为他知道女孩的木瓜不是平常的瓜，这“投”也不是普通的投，而是将一颗滚烫的少女的心掷到自己怀里。

男子回赠玉佩的热烈反映，表示他也爱慕姑娘好久了。尽管自己的玉佩比起姑娘的木瓜贵重不知多少倍，但是还觉得它不能表示清楚自己的情谊，他是想永远与姑娘相处好下去。这位少女收到男子回馈过来的礼物当然是甜蜜无比，顿时心花怒放，她也知道这不是普通的回赠，而是一份爱的承诺。

在古代中国，甚至到现在，恋人之间的情谊就是以小物品为纽带的，古代经常以瓜果、佩饰连接感情，在他们看来，一滴水、一朵花、一把扇子等等都表达出深深爱意，如《溱洧》中的“维士与女，伊其相谑，赠之以勺药”，互赠芍药作为定情之物。

你给我一个木瓜，我给你一块美玉，不是为了报答，只是为了两情相悦，只为了我们能够相爱。古代的男女，一相见便觉亲切，有爱慕就表现出来。刚刚采摘下来的木瓜，随身佩戴的玉佩，信手拈来都是信物，随时相遇可订终身。欢快而活泼，怎能不让后世羡慕。

她的美犹如雕琢的玉石

《卫风·硕人》

硕人其颀，衣锦褧[①]衣。

齐侯之子，卫侯之妻，东宫之妹，邢侯之姨，谭公维私。

手如柔荑，肤如凝脂，领如蝤蛴[②]，齿如瓠犀[③]，螓首蛾眉。

巧笑倩兮，美目盼兮。

硕人敖敖，说[④]于农郊。

四牡有骄，朱帻镳镳[⑤]，翟茀以朝[⑥]。

大夫夙退，无使君劳。

河水洋洋，北流活活，施罛濊濊[⑦]，鳣鲔发发[⑧]，葭菼揭揭[⑨]。

庶姜孽孽，庶士有朅[⑩]。

【注释】

①衣锦：穿着锦制的衣服。

②领：颈部。蝤蛴（qiú qí）：天牛的幼虫，色白身长。

③瓠犀（hù xī）：葫芦子儿，色白，排列整齐。

④说（shuì）：通“税”，停车。

⑤朱帻（fén）：用红绸布缠饰的马嚼子。镳镳（biāo）：盛美的样子。

⑥翟茀（dí fú）以朝：乘坐以雉羽为饰的车轿去拜见卫庄公。翟，山鸡。茀，车篷。

⑦施：张。罛：大的渔网。濊濊（huò）：撒网入水声。

⑧鳣（zhān）：黄鱼。鲔（wěi）：鲟鱼。发发（bō）：鱼尾击水之声。

⑨葭（jiā）：初生的芦苇。菼（tǎn）：初生的荻草。揭揭：很长的样子。

⑩有朅（qiè）：勇武的样子。

西施浣纱，鱼儿惊其艳丽，跌落池底。

昭君抚琴，飞雁感于曲调幽怨，掉落在地。

貂蝉拜月，顿时明月无光，彩云遮月，仿若不忍露面似的。

玉环赏花，轻抚花瓣，哭诉身世，岂料花朵收敛美艳，枝叶垂下。

后人有言这四人的美貌为“沉鱼落雁，闭月羞花”，但凡论起古代美女，总是要以她们四人马首是瞻。然而在那悠悠的上古和风之中，还有一位女子，风翩跹其裙角，水拂过其脚背，她的美犹如雕琢的玉石，剔透玲珑，记录于文字中。

这位女子便是庄姜。

“硕人其颀，衣锦褧衣。”“硕人”就是美人的意思。它的原意是高大白胖的人，由此可以想见几千年前的春秋时代，人们喜欢一种健康美——高大丰满、皮肤白皙，以此作为评析美人的标准。

《硕人》一诗中灵气十足的诗句像一朵朵永不凋谢的百合，穿越几千年依然静静绽放，散发着弥人清甜的清香。庄姜的“肤如凝脂，领如蝤蛴，齿如瓠犀，螓首蛾眉。巧笑倩兮，美目盼兮”，还有谁的美能比得上？有人说有曹植的《洛神赋》中的甄洛，可读起来怎么都觉得那是庄姜的影子。

六朝画家总结出的创作经验云：“传神写照，正在阿堵。”意思是说，摹写人物时，最关键的地方是人的眼睛，因为眼睛是心灵的窗户，凸显一个人的神采，莫过于凸显其笑靥中的双眸。当无数静态的比喻在历史长河中逐渐褪色时，“巧

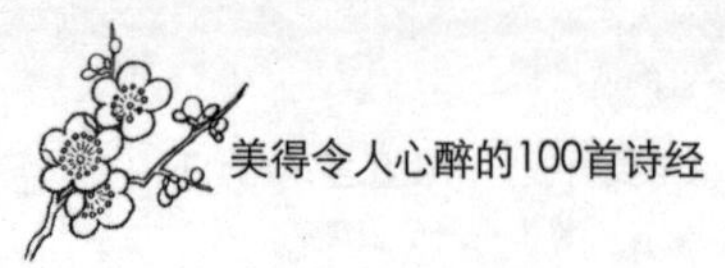

笑倩兮，美目盼兮”却仍然能够激活人们的联想和想象，亮丽生动、光景常新。

在先秦那个时代，女人想要在书里留名是件困难的事情，庄姜以才色双绝走进了《诗经》，成为歌咏美人文学作品的千古之祖，能收容这么一位美丽的女子，实是《诗经》的幸运，而能被《诗经》所收容，却也是庄姜的幸运。每当提起她，这个高大丰满、皮肤白皙的美人已经带着她的倾城仙姿站在字里行间，站在面前。

所谓美人，就是你这个样子

《郑风·有女同车》

有女同车，颜如舜华①。
将翱将翔，佩玉琼琚。
彼美孟姜②，洵美且都③。
有女同行，颜如舜英。
将翱将翔，佩玉将将④。
彼美孟姜，德音不忘。

【注释】

①舜华：植物名，即木槿花。

②孟姜：《毛传》：“齐之长女。”排行最大的称孟，姜则是齐国的国姓。后世孟姜也用作美女的通称。

③都：娴雅。

④将将：“锵锵”，玉石相互碰击摩擦发出的声音。

清朝词人纳兰容若讲究写词要抒写“性灵”，又要有文风贯穿始终，《诗经》中一首《有女同车》，言辞简练，情意缓缓而出，毫不堆砌，语境浅白，给人以明月当空、繁星耀眼的轻灵之感，完全符合容若性灵之说。

时值夏秋之交，草儿茂盛，木槿花开，柔和的阳光里到处是花草的淡静世界，一辆宽敞华美的马车行走在大路之上，车上坐着出外游玩的姜家姑娘和她的情郎。

俊美的情郎哪有心思去欣赏车外的花草阳光，只是一门心思看着身边的姑娘，她的容貌如木槿花一样白里透红。她若是笑，万千情思便无处躲藏，光华胜过最灿烂的那束木槿花。她走起路来步履轻盈，身上的配饰晶莹剔透，叮当作响，举手投足之间，还尽显德行高尚与幽雅贤淑。

所谓美人，应该就是姜家姑娘这个样子。姜家姑娘其实就是齐僖公的小女儿文姜。她比较有文采，故称文姜。当时主政各国政事的齐国十分强大，他的两个女儿也成为当时各诸侯国争抢的对象，在众多的追求者中，文姜特别看好郑国的太子姬忽。

郑国人很高兴，所以专门创作了《有女同车》来表达对这位未来国君夫人的期待。不过郑国人没有好运气，没有盼来这位大美女。因为太子姬忽很快就以“齐大非偶”为由，退掉了这门亲事。其实这是他的一个借口，他退亲的真正原因是他知道文姜在齐国有私情，并且她的情人还是她的胞兄诸儿。

尽管如此，郑国的臣民也没有对文姜热辣辛讽。相反的，他们认为自己的太子没有把文姜娶到家是很大的失败。《有女同车》的歌依然在郑国广为传唱，诉说着郑人对文姜那似木瑾花一样绽放的美貌的怀念。即使历史的烟尘已经消散，她的容貌也仍然被这首诗镌刻了下来，鲜妍如初。

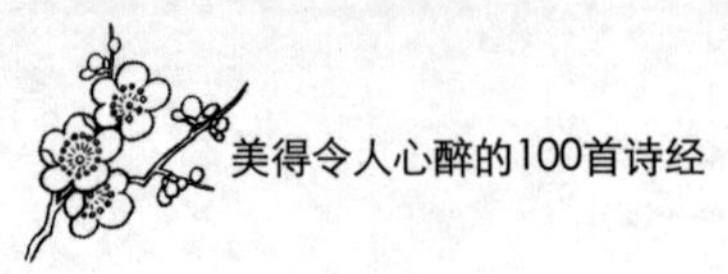

竟惹天下人嘲笑

《齐风·猗嗟》

猗嗟昌[①]兮，颀而长兮。
抑[②]若扬兮，美目扬兮。
巧趋跄[③]兮，射则臧兮。
猗嗟名[④]兮，美目清[⑤]兮。
仪[⑥]既成兮。
终日射侯[⑦]，不出正[⑧]兮。
展我甥[⑨]兮。
猗嗟娈兮，清扬婉兮。
舞则选[⑩]兮，射则贯兮。
四矢反兮，以御乱兮。

【注释】

①猗（yi）嗟：叹美之词。昌：壮盛的样子。

②抑：通“懿”，美好。

③趋跄：快步走，从容而又合节拍的姿态。

④名：通“明”，昌盛之意。

⑤清：眼睛黑白分明。

⑥仪：即射仪，射手在射箭之前表演射法的各种姿态。

⑦侯：古代赛射或习射时用的箭靶。用兽皮做的叫作“皮侯”，用布做的叫作“布侯”。

⑧正（zhēng）：箭靶的中心贴上的圆形或方形的布块，叫作“鹄”，鹄的中心叫作“正”，也称为“质”或“的”。射箭以中“正”为胜。

⑨展：诚然，真是。甥：异族之亲皆称甥。

⑩选：指齐乐善舞。

初看时，字里行间若隐若现的，是先秦美少年的模样。因是先秦那个原初年代的审美标准，这位美少年自然不可能是后世美少年唇红齿白的文弱模样，也不可能是鲜衣怒马、侧帽风流的王孙公子形象，他最起码应该是健壮结实的，这样才有身体的匀称和力量之美。

先秦的美少年五官端正、面色匀净，更重要的是眼睛明亮，矍铄有神，诗人似乎毫不吝惜赞美，将少年的眼睛称之为“美目”，真是引人遐想。曹雪芹写贾宝玉，说他“目若秋波。虽怒时而若笑，即嗔视而有情”“平生万种情思，悉堆眼角”，也是对双目极尽描摹，可见人的美大半在目光顾盼流转之中，若眼睛失了光彩，再美的姿容也是虚设。

跳舞时，少年动作优美，摇曳生姿；射箭时，他身体灵活，步履矫健，姿势也煞是好看；就连箭法也是一流，整整射了一天标靶，竟然没有一箭稍稍偏离——好一个艺高貌美的先秦美少年！

艺高貌美这样的赞誉，若放在寻常人身上，真是再好不过了，可惜《猗嗟》赞美的是一国之君，齐侯之甥鲁庄公。若真心赞美国君，就该赞他文治武功，威名赫赫，光赞美他长得漂亮，射箭技艺高超，岂非避重就轻，以美为刺？

翻检鲁庄公年少时的作为，便能懂得诗人为何对他如此不齿了。鲁庄公即位之前，齐襄公害死他的父亲鲁桓公；他在位时，母亲又屡次回齐，与齐襄公幽会，这几桩丑闻早已人尽皆知，他却没有为父报仇，也没有阻止母亲与齐襄公的交往，最后甚至还跑去为齐襄公主持婚礼，惹天下人嘲笑。

原来先前的赞美全是刻薄的讽刺：任你英俊潇洒、威仪有加、箭技超群，身为国君，小不能端正家庭，大不能树立国威，反而和杀父仇人相善，又怎么谈得上治国安邦、建功立业？

为谁生就了这般盛颜

《陈风·株林》

胡为乎株林[①]？
从夏南[②]。
匪适株林？
从夏南。
驾我乘马[③]，说于株野[④]。
乘我乘驹[⑤]，朝食[⑥]于株。

【注释】

①株：陈国邑名。林：郊野。

②从：跟，此处意思是找人。夏南：即夏姬之子夏徵舒（字子南）。

③乘（shèng）马：四匹马。

④株野：株邑之郊野。

⑤驹：马高五尺以上、六尺以下称“驹”，大夫所乘；马高六尺以上称“马”，诸侯国君所乘。

⑥朝食：吃早饭。

有人说，美是善，人的心若能敏锐地感受到万物最宏阔、最细微的美，若能够将他感受到的美化作心灵的美好，那么，美就是无止无尽的善意，温暖整个世界。

还有人说，美是恶，西方历史上那场著名的特洛伊战争，让无数战士的血流成了河，起因不过是为了争夺一个美丽的女人；中国历史上倾国倾城的“红颜祸水”，更是数不胜数。

美何其无辜，非要与善恶牵扯上缠夹不清的关联，仿佛一个女子只要生就了倾国倾城貌，便注定了贯穿一生的流言和非议，注定了要远离平凡安稳的生涯。那些来自男子的欲望和野心，以美为名，行使恶意，将一个女子的美拖入历史幽暗的深潭，从此与他的欲求一起万劫不复。

论及因女人引起的风波及争议，夏姬大概不比任何美貌女子“逊色”，杜牧在《杜秋娘诗》中说“夏姬灭两国”，那样一种翻云覆雨的美丽，由此可见一斑。

夫君亡故后，夏姬隐居陈国株林。当时诸多男子都是这位绝色女子的床幕之宾，就连陈国国君陈灵公也加入了他们的行列。大臣们敢怒不敢言，民间的百姓却炸开了锅，开始用歌谣《株林》嘲讽君主失威败德，荒废国事。

“他们为什么如此匆忙？原来是要去株邑城外的郊野见夏姬的儿子夏子南。驾着四匹宝马的大车，停车在株邑的郊外。驾起轻车赶着四匹宝马，抵达株邑歇息吃早餐。”

百姓们到处传唱，一个个交头接耳说着夏姬的风流事。陈国因夏姬而灭亡，那是后话了。此时，她隐居株林，游走穿行于一个个男子的怀抱，不知究竟有几分真心。在那样一个男子主宰兴亡的乱世，她一个弱女子，又拥有着人人垂涎的倾城姿容，想要安然生存下去，当真是难上加难。她必是将这一切都想得通透：既然无论如何都要辗转于男子身畔，以色事人，不如早早地丢弃了道德尊严，利用自己的倾国倾城貌，玩弄男人于股掌。

她早已不去思考，自己究竟是为谁生就了这般盛丽鲜妍的容貌，女为悦己者容的情怀早已远离她的生命。她更愿意让自己的美成为傲视一切的存在，无关乎幸福，无关乎道义，只是存在本身，便已是极致。

偌大的天下哪里才是乐土

《邶风·北风》

北风其凉，雨雪其雱[①]。
惠而[②]好我，携手同行。
其虚其邪[③]，既亟只且[④]。
北风其喈[⑤]，雨雪其霏[⑥]。
惠而好我，携手同归[⑦]。
其虚其邪，既亟只且。
莫赤匪狐[⑧]，莫黑匪乌。
惠而好我，携手同车。
其虚其邪，既亟只且。

【注释】

①雨（yù）雪：下雪。雨作动词用。雱（páng）：雪下得很大的样子。

②惠而：顺从，赞成。一说释为爱。

③虚、邪：徐缓。

④既：已经。亟：急。只且：语助词。

⑤喈（jiē）：寒凉。

⑥霏（fēi）：雪纷飞。

⑦同归：一起到较好的他国去。

⑧莫赤匪狐：没有不红的狐狸。莫，无，没有。匪，非。

唐人刘长卿一句“柴门闻犬吠，风雪夜归人”，构筑出冰天雪地里一丝彻骨的温暖，那山间白屋细弱的烛火，似乎能够照进一个孤独旅人几近冻结的心。于风雪之中夜归，当是金玉满堂也换不来的安心幸福；反过来，若要在风雪之夜逃亡，只怕亦是难以想象的寒凉与凄惶。

《北风》构建的风雪世界，属于后者，仅有凄惶的萧索，没有丝毫美感：放眼望去，破落的车队在泥泞的路上走走停停，北风刺骨，吹乱了车帷和须发，大雪纷纷，遮盖了本就辨识不出的道路。车中之人，既不是久征沙场的战士，也不是终日辛劳的农人，而是锦衣玉食的贵族。

当时的卫国国势想必正处在危亡关头，否则贵族们也不必于风雪之中仓促出逃避乱。紧张的局势一触即发，凄凉的环境如影随形，让人悚然心惊。尽管出逃途中风雪寒凉、车行艰难，但当时的虐政何尝不是如风雪般密而不透、寒凉无比，让人无法承受？与其被虐政摧折，不如冒险快快迁徙逃亡吧。

可是，摆在远离故土之人面前的，又是一条怎样的陌路呢？那一条覆盖积雪、曲折坎坷、又细又长且看不到终点的山间小路，真的能通往他们期盼的未来吗？

风雪中车子走得缓慢，逃亡者的心情却很急迫，天下乌鸦一般黑，卫国的虐政固然可以逃开，往后若再遇苛政，遭逢生死存亡的危机，该怎么办？再次抛家弃国而逃吗？如此辗转反复，偌大的天下究竟哪里才是乐土，哪里才有自己的安身之所、立命之基？若永远地失去了故国，终此一生又该何去何从？

无数疑问和迷惑在心头翻转，令逃亡者的心情焦灼不已。逃亡的凄惶，那种前无去路、后无退路的茫然无助，似乎更加让人无法忍耐。这似乎是一条永远不会终结的逃亡之路，一如嵌入《诗经》里的这场永不停止的风雪。

属于周成王的时代到来了

《周颂·烈文》

烈文辟公①，锡兹②祉福。
惠我无疆，子孙保之。
无封靡③于尔邦，维王其崇之。
念兹戎④功，继序其皇⑤之。
无竞维人，四方其训之。
不⑥显维德，百辟其刑⑦之。
於乎前王⑧不忘！

【注释】

①烈：光明。文：文德。辟公：诸侯。

②兹：此。

③封：大。靡：累，罪恶。

④戎：大。

⑤序：通“叙”，业。皇：光大。此处作动词用，发扬光大。

⑥不（pī）：通“丕”，大。

⑦百辟：众诸侯。刑：通“型”，效法。

⑧前王：指周文王、周武王。

清朝那位只手遮天的辅政大臣鳌拜，与少年天子康熙之间的博弈，向来为后人津津乐道。当人们谈及这场博弈的惨烈结局时，总是一面为功高震主的摄政大臣悲剧的命运叹息，一面又为康熙小小年纪表现出来的胆识、谋略和深沉心计感到悚然心惊。

少年的周成王与当时的摄政大臣周公旦，也有过这般惊心动魄的博弈。康熙与鳌拜最终撕破了面皮，将权势和江山置于朗朗乾坤下公然争夺，而成王与周公却是仁厚大周的子民，即使较量，也必会披上温文尔雅的表象。只是，再怎样温雅，毕竟也是关乎杀伐决断的权势争夺，不动声色的较量背后，不可能没有暗流汹涌。

初登基时，成王尚是十三岁的少年，对世事已不懵懂，对国事却还所知寥寥。周公辅佐这位少年天子，摄理政事，即使历史上没有臣子功高震主这样的宝贵经验供他借鉴，以他的聪慧通透，也该了解摄政大臣这一身份的掣肘和尴尬之处。只是偌大的天下交到他手中，他不可能毫无作为。最后，他索性抛开一切顾忌，大干了一场，直至七年后归政于成王，他自问无愧于天下，无愧于周朝王室，无愧于自心。

可是，成年后的周天子第一次进行祭祀时所唱的乐歌，便让他惊出了浑身冷汗。

各位诸侯，你们赐予了周王朝福祉，又带给我无穷无尽的恩惠，诸公的恩惠我要让周室子孙永远保存下去。希望各位在封国内勤勉执政，不要做出有损封国之事。只有这样，我才会尊崇你们，并心念你们的功劳，让你们的子孙代代继承下去。各位诸侯应当修养品德，任用贤人，以先王之德为效仿对象，永记前王遗德。

此番言辞，真是雍容平和，庄重大气，很符合天子身份。听在各诸侯耳中，却是绵里藏针。听起来是殷殷赞扬和劝诫之意，实则是彰显周王室的赫赫威信，同时又强调了自己执掌生杀大权的绝对地位。当真是深意无限，怪不得周公听过以后，从此再也没有插手过治国事宜——一个属于周成王的时代真正到来了。

卷九　生命不长，但愿活得更深

他走得越远，这份思念就被拉得越长。明知离别家乡这么久，家必定已经破落，但是破落的家还是让他无比向往。

人何曾做得了命运的主

《卫风·河广》

谁谓河广，一苇杭[1]之。
谁谓宋远，跂[2]予望之。
谁谓河广，曾不容刀[3]。
谁谓宋远，曾不崇朝[4]。

【注释】

①苇：芦苇，此处指芦苇编成的筏子。杭：通“航”，渡过的意思。

②跂（qǐ）：踮起脚跟。

③曾（céng）：竟。刀：通“舠”，小船。

④崇朝（zhāo）：从天亮到吃早餐之间的这段时间，形容时间很短。

世间最遥远的距离是什么？不是关山阻隔了音讯，鸿雁飞不过相思海，而是无论两个人书写过多少书信，心与心的距离也从不曾靠近半分，最终，再热切的祈盼也不过成就了一场冰冷的陌路。

最遥远的距离，不是当你思乡时登高远望，隔着迷蒙的泪眼望不见家乡的那一片晴空，不是少小离家老大回，容颜已改、鬓毛已摧，而是你与家乡分明只有一河之隔，却因了家国、战乱或人事的阻隔而无法归去。

黄河奔腾如雷，波澜壮阔，游子站在属于卫国的这一条河岸，遥望对岸的故土，发出深沉的喟叹：

谁说黄河宽广，将我与家乡故土的牵系决然割裂？比起我这番无法归去的苦衷，黄河之广根本不值一提。只要用芦苇编一支筏子，就可以顺利筏渡，而我此身飘零的命运与故土之间的鸿沟，却是无论如何也穿越不了了。

谁说我的家乡宋国很遥远，只要在河岸边踮起脚尖就可以看见，真正遥远的其实是卫国与宋国的距离，权力的纷争、军事上的交锋、政治上的较量，让两个国家随时可能反目成仇，人在其中，何曾有半分做得了命运的主，无非任由它翻手是云，覆手为雨。

身在卫国的游子，这般焦灼地渴盼归去，却终于还是近乎痛彻地醒悟了无法归去的事实。尽管如此，他仍然常常来到黄河岸边，想象自己一步就跨越了现实的阻碍，回到魂梦中也思之不及的故里，他甚至还能想象到家中吃朝食的情景，食物的香气、家人的微笑，那终其一生也无法抵达的温馨宁和的寻常家庭场景，必是不止一次地温暖了他空洞的心，也不止一次地冲淡了他原本就已趋近绝望的希望。

人事已非，故国不再

《王风·黍离》

彼黍离离[①]，彼稷[②]之苗。
行迈靡靡[③]，中心摇摇[④]。
知我者谓我心忧，不知我者谓我何求。
悠悠苍天，此何人哉！
彼黍离离，彼稷之穗。
行迈靡靡，中心如醉。

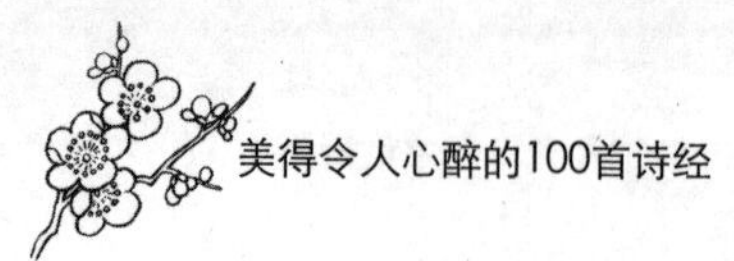

知我者谓我心忧，不知我者谓我何求。
悠悠苍天，此何人哉！
彼黍离离，彼稷之实。
行迈靡靡，中心如噎⑤。
知我者谓我心忧，不知我者谓我何求。
悠悠苍天，此何人哉！

【注释】

①黍（shǔ）：小米。离离：繁茂。

②稷（jì）：高粱。

③行迈：行走。靡靡：行步迟缓貌。

④摇摇：形容心神不安。

⑤噎（yē）：气逆不能呼吸。

孟浩然写《留别王维》时，说“知音世所稀”，内心其实是引王维为知音的。那时他在仕途上奔波挣扎得倦了，便有了这首小诗，隐隐流露出归隐之愿。喧嚣的尘世里，到底还是难觅知音的。古时伯牙子期惺惺相惜，也是出了热闹红尘，于清静处以琴语通心曲，方才成就了彼此。

倘若一位易代臣子回到旧都，缅怀兴亡旧事，吟叹着“知我者谓我心忧，不知我者谓我何求”，感伤世人皆醉，而我独醒，此情此景，恐怕亦是在叹惋“知音世所稀”吧。彼时已是东周，西周旧都早已成为历史的遗迹，在岁月的剥蚀中悄然地改变了面容。曾经的故地，皆变成片片葱绿的庄稼，昔日的繁华和战火无一觅处，只剩下一些断墙残垣，这里的荒凉似在提醒他人事已非，故国不再。

漫无目的地行走在庄稼间，眼前的景物轻易就勾起了他无限愁绪，对故国的追思、对百姓的痛惜、对历史的感慨和敬畏，种种忧思纷至沓来。他或许还想得更深了些，他想，为什么政权会兴衰更迭？人类社会的历史怎么才能保持安稳长久？渺小的人类如何才能战胜时间的规律……他若不是想得如此深刻，仅仅是故国之思，或许还不至于慨叹知音难觅。

若他能活得更久一些，便会知晓，“知我者”并非没有，仅仅是相隔太久而已。历次朝代更迭的过程中，都有人泪水涟涟地吟哦着兴亡之思，曹植的《情诗》、向秀的《思旧》、刘禹锡的《乌衣巷》、姜夔的《扬州慢》，无不带有《黍离》的影子，发人感慨、催人泪下。这些属于不同时代、但同样敏感的思考者，不正是彼此的知己吗？

铁血男儿，慷慨豪放

《秦风·无衣》

岂曰无衣，与子同袍。
王于兴师，修我戈矛，与子同仇。
岂曰无衣，与子同泽①。
王于兴师，修我矛戟，与子偕作②。
岂曰无衣，与子同裳③。
王于兴师，修我甲兵，与子偕行。

【注释】

①泽：通“襗”，内衣。

②作：起。

③裳：下衣，此指战裙。

秦地尚武。或许是关山外的男儿日日风沙扑面，他们习惯

了粗粝的生活，习惯了凛冽的风骨、冲天的豪气。大漠里的孤烟，长河畔的落日，沙漠中战马的嘶鸣，一张张被尘土淹没的脸，都在眼中心底。金戈铁马，保全万里江山，是为了托起家园的和平；披荆斩棘，拯救国仇家难，只为早些与梦中人团聚。

将家国安危系于己身，听鼓角争鸣，望烽火边城，策马扬鞭，一骑绝尘，青春的渴慕与热盼都是战死沙场，报答家国双重恩。谁不知道远赴战场既辛苦又危险呢，但是保家卫国是每一个男人责无旁贷的使命，纵然战死疆场，留下一堆白骨，也誓死不悔。

人生短暂，如同晨曦中的一滴露珠，在第一道阳光的温暖下，就会转瞬消逝。生于乱世，这条命就更是轻贱，不知何时就会埋没于无名之地。乱世中人往往也将生死看得淡了。秦地之人是格外的好战尚武，如朱熹所言，“尚气概，先勇力，忘生轻死”，自然更不会将这条性命看在眼里。

既然人生本就多舛，磨难重重，何妨忘生轻死，收敛灰败与沮丧、懦弱与退避，且尽情，且豪迈，将轻贱的性命交付给保家卫国的大事，在战场上施展豪情与斗志，总好过终生碌碌，在软弱的逃避中磨蚀了心志。

所以，周王轻轻一句“与子同袍”，便在他们天生好战尚武的血液里点燃了足以燎原的星星之火，让他们为之赴汤蹈火，在所不惜。

秦地的军民何其有幸，得到周王“与子同袍”的亲待，得以与周王同仇敌忾，并肩战斗，在历史上留下了浓墨重彩的一笔。愿意上战场杀敌，保社稷人民安康的士兵，即便吃苦再多，恐怕也会感激他们的王。只因没有王的恩泽，便没有他们匹马戎装的机会，更没有供他们挥洒热血的战场。这份发自肺腑的热忱，这份铁血男儿的昂扬斗志，自是秦人的慷慨豪放。

观花望死，大不了轮回再来

《曹风·蜉蝣》

蜉蝣之羽，衣裳楚楚。
心之忧矣，于我归处[①]。
蜉蝣之翼，采采衣服。
心之忧矣，于我归息。
蜉蝣掘阅[②]，麻衣[③]如雪。
心之忧矣，于我归说[④]。

【注释】

①于我归处：于何归处。

②掘阅：穿穴（而出）。掘，穿。阅，通“穴”。

③麻衣：原指古朝服。这里是借代的用法，指蜉蝣的羽翼。

④说（shuì）：解脱，归结。

三千年前，敏感的诗人借助一只蜉蝣写出了脆弱的生命在死亡前的短暂美丽和面临死亡的困惑。蜉蝣是一种生命期很短的昆虫，它的幼虫在水中孵化以后，要在水中待大概三年才能达到成熟期，然后爬到水面的草枝上，把壳脱掉成为蜉蝣，之后还要经过两次蜕皮才能展翅飞舞，之后的时间它更加忙碌，在几个小时内交配、产卵，不知疲倦，而后就要死去。

诗人看着蜉蝣穿着鲜艳好看的衣服，美丽无比，俏丽动人，似乎不知自己就要死去，不禁发出了长叹：蜉蝣在有限的生命里还是在尽情地展现自己，而作为我们人类有着漫长的生命，却不知道要走向何方。

他忧伤的唱着这支寂寞的歌曲，在千年之前，流水湖畔，诉说自己内心的忧伤迷茫：

蜉蝣的羽啊，楚楚如穿着鲜明的衣衫。我的心充满了忧伤，不知哪里是我的归处。

蜉蝣的翼啊，楚楚如穿着鲜明的衣衫。我的心充满了忧伤，不知哪里是我的归息。

蜉蝣多光彩啊，仿佛穿着如雪的麻衣。我的心充满了忧伤，不知哪里是我的归结。

说起来人生不过百年，人类哀怜蜉蝣“朝生暮死”，自己何尝不是造物主的一只“蜉蝣”呢？

时间本是身外之物，独自沉静、缓慢流淌于世间，只是因为人们妄自慌乱，才令时间变得仓促而残酷。其实，生命本就是一场自顾自地表演，又何必去过分在意这场表演的长短呢，只要深刻精彩，任何表演都是永恒存在的。

换句话说，《蜉蝣》中的蜉蝣虽然最脆弱，生命最短暂，但是也在坚定地走自己的路，等待、蜕皮、交配、产卵，完成着自己的任务，这是死亡也无法摧毁的强大意志。

没有必要去嗟叹人生如蜉蝣，不管生命长短，要是人们像蜉蝣一样尽心尽去完成生命中的每一件事，细细品味身边事，快乐感怀就会油然而生。观花望死，在一瞬间离世而去，大不了下个轮回再来。

走得越远，思念就被拉得越长

《豳风·东山》

我徂东山，慆慆[1]不归。
我来自东，零雨其濛。
我东曰归，我心西悲。
制彼裳衣，勿士行枚[2]。
蜎蜎者蠋[3]，烝在桑野。
敦彼独宿，亦在车下。
我徂东山，慆慆不归。
我来自东，零雨其濛。
果裸[4]之实，亦施[5]于宇。
伊威[6]在室，蟏蛸[7]在户。
町畽[8]鹿场，熠燿宵行。
亦可畏也，伊可怀也。
我徂东山，慆慆不归。
我来自东，零雨其濛。
鹳鸣于垤[9]，妇叹于室。
洒扫穹窒，我征聿[10]至。
有敦瓜苦，烝在栗薪。
自我不见，于今三年。
我徂东山，慆慆不归。
我来自东，零雨其濛。
仓庚于飞，熠燿其羽。
之子于归，皇驳其马。

亲结其缡，九十其仪。
其新孔嘉，其旧如之何？

【注释】

①慆（tāo）慆：久。

②士：通“事”。行枚：行军时衔在口中以防止出声的竹棍。

③蜎（yuān）蜎：幼虫蜷曲蠕动的样子。蠋（zhú）：幼虫。

④果裸：葫芦科植物。

⑤施（yì）：蔓延。

⑥伊威：一种小虫，俗称土虱。

⑦蟏蛸（xiāo shāo）：一种蜘蛛。

⑧町畽（tuǎn）：动物留下痕迹的地方。

⑨垤（dié）：小土丘。

⑩聿（yù）：语助词。

在《东山》中有一位征战多年的士兵，终于在战争结束后选择了归家。

男子出征多年都没能回家，现在总算要启程回乡了，头顶飘落的细雨就好像眼泪一样纷繁，这些年征战的日子，应该是男子一生难忘的日子，就好像桑叶上蠕动的蚕一样，他们这些士兵在战车下蜷缩着度过了生命里最为重要的年华。

走在回乡的路上，细雨不断，沿途尽是一些荒凉的景色，一切都令男子分外思念家乡。自从离开家乡后，一直没有机会回去，不知道妻子是不是还在房中长叹，不知道她是不是依然在打扫房间，将苦瓜挂在柴木上做下饭的菜，这次的重聚，男子足足等了三年，这三年，或许一切已经是沧海桑田。

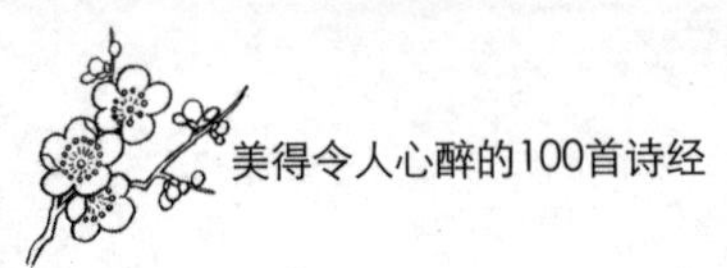

这是一个悲哀的故事，男子新婚不久之后就告别妻小父母，上沙场杀敌，过着命悬一线的日子，足足三年。而当他终于可以回家与妻子团聚时，内心又是充满了忐忑，男子心事重重冒雨急行，既想早日到家，又害怕面对未知的一切。

黄莺在天空自由飞舞，十分好看，想起当年娶亲的时候，美丽的新娘是多么漂亮，那些迎亲的马匹多么色彩斑斓，妻子的母亲为她戴好纱巾，告诉她遵守何种礼仪，那时的男子沉浸在幸福之中，只是不知道重逢之后，这幸福是会延续还是中断。

回家的路程，喜悦中带了些许害怕。他做了一番最坏的打算，家里没有了他这个顶天立地的男人，一切可都好？瓜果蔓叶无人管理怕是已经缠绕到了屋顶，屋漏地下湿漉漉的没有人管，估计已经潮湿得生满了虱子，门庭也结满了蜘蛛网，狼藉无比。

三年时间的思念被距离拉伸，他走得越远，这份思念就被拉得越长。明知离别家乡这么久，家必定已经破落，但是破落的家还是让他无比向往。

到了现代，千里万里不再是距离，回家的路有时候尽管很远，也不会有《东山》中士兵的那些担心，故乡的距离在缩短，思念之情也被逐渐冲淡，少了《诗经》中那份牵心扯肺的疼痛，不知算不算是好事。

多少人能够活下来归家

《豳风·破斧》

既破我斧，又缺我斨①。
周公东征，四国是皇②。
哀我人斯③，亦孔之将④。
既破我斧，又缺我锜⑤。
周公东征，四国是吪⑥。
哀我人斯，亦孔之嘉⑦。
既破我斧，又缺我銶⑧。
周公东征，四国是遒⑨。
哀我人斯，亦孔之休⑩。

【注释】

①斨（qiāng）：斧的一种。

②皇：同“惶”，恐惧。

③斯：相当于“啊”。

④将：大。

⑤锜（qí）：凿子。一说是古代的一种锯。

⑥吪（é）：教化。

⑦嘉：善。

⑧銶（qiú）：凿子。一说是独头斧。

⑨遒（qiú）：一说固。一说敛。一说臣服。

⑩休：美好。

周武王伐纣灭了商朝之后，建立起西周政权。他给纣王的

儿子武庚封了一块地，就是殷都。武王不放心，让自己的三个兄弟管叔、蔡叔和霍叔派去监视他。武王不长寿，在位两年后就病死，大臣周公旦辅佐成王继位。在外的管叔、蔡叔和霍叔不服气，到处散布谣言说周公旦要篡夺皇位。

纣王的儿子武庚利用这个机会，串通管叔三人，又联络一大批殷商的权贵，煽动东夷几个部落，联合造反，声势很大。周公旦多方权衡，断然决定兴师东征。历经三年，叛乱平定。这次战事是继武王伐纣之后，周公为社稷做出的最大功绩，周朝的统治由此奠定下来。

出于对周公的赞颂，民间有了《破斧》。

周公平定叛乱，方圆都顺服统治，维护国家的稳定和统一，这从民族高度上来讲，是符合民意、顺应历史潮流的，历史意义巨大。由此，周公也得到史学家们的一致肯定，一代英名由此奠定。但是战争残酷，铁做的兵器刺在当时士兵的血肉之躯上，能够活下来的实在是件幸运的事情啊，这首诗发出这样的感慨。

“既破我斧，又缺我斨。”——斧头都折断了，武器都成了残缺，可见战斗之惨烈，作为小人物的士兵，生命时刻处于危亡之中，“哀我人斯，亦孔之将。”——周公可怜我们这些平民士兵，是多么的善良，死亡是无可避免的事，死里逃生真是大幸呀！

战争残酷，可是战争又不断，历代战争都是无数小人物向前厮杀，多少人能够活下来归家？周公率军东征，使得四国的百姓深受教化感染，周公对百姓的哀怜，令人感怀他善良的心胸，其实周公也是为了四国家人的生活安宁才发动的战争，对于平民来说，也算是一种莫大的恩典。有时候，战争并不是一味地涂炭生灵，而是要开创一片新天地，只是这过程过于惨烈，使人不敢正视罢了。

这一首悲音，催人心肠

《魏风·陟岵》

陟彼岵[①]兮，瞻望父兮。

父曰：“嗟！予子行役，夙夜无已。

上慎旃[②]哉，犹来[③]无止。”

陟彼屺[④]兮，瞻望母兮。

母曰：“嗟！予季[⑤]行役，夙夜无寐。

上慎旃哉，犹来无弃。”

陟彼冈兮，瞻望兄兮。

兄曰：“嗟！予弟行役，夙夜必偕[⑥]。

上慎旃哉，犹来无死。”

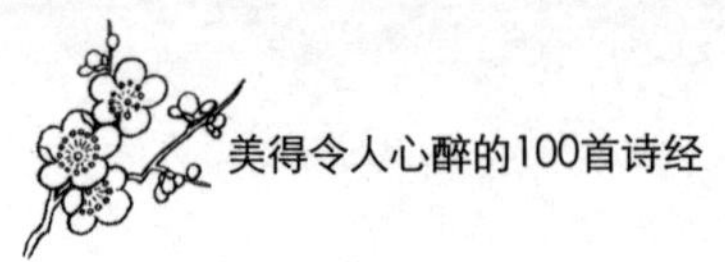

【注释】

①岵（hù）：有草木的山。

②上：通“尚”，希望。旃（zhān）：之。

③犹来：还是归来。

④屺（qǐ）：无草木的山。

⑤季：小儿子。

⑥偕：俱。

因政治动荡，战争频发，兵役繁复，孝子出征在外，思念父母兄弟，不得已才作歌排遣。否则，谁也不愿写下这样摧人心肠的悲音。

乡愁满怀时，格外地想要登高望远，远望可以当归，长歌可以当哭，仿佛非如此不可，才能传达出内心对于相聚的痛切渴望。

登高必有所见，但这位出征的孝子所见，却非同一般。他看见父母的音容笑貌浮现在空中，听见父母的殷殷嘱咐：“儿啊，你行役辛苦，早晚都得不到休息，一定要注意身体啊，希望能够早日归来，不要滞留远方！”谆谆告诫、殷殷期盼，不知有多少次潜入过梦境，才能如此纤毫毕现。

兄弟之间，则要直率得多，所以他想象兄长会直言：“弟弟啊，你千万不要客死他乡。行役的生活那么艰险，你不回来也不要紧，最重要的是能够平平安安地活着啊。”

当征夫走上高岗，眺望远方那一片目光所不能及的故乡时，心里头想的必是归去，然而归去又是不可预期的，于是只好突发奇想，让回忆中的亲人对自己殷殷嘱托，聊慰心头孤苦。

对亲人念己的设想，何尝不是包含了无数的无奈和辛酸？

双方心意相通但生分两地，温馨的回忆在心中交叠，却只徒然添了相思，一声声真实的嘱托全都无法送达，对方的状况只能凭想象营造，亲人是否还是自己想象中的模样？何时才能真实地见到想象中的场景？每一个思考，都纠缠着无数的希冀和担忧，融汇着无数的慰藉和害怕，也承载着无数的回忆和憧憬。

父母兄长的谆谆之心，都灌注于这一曲延绵悠长而又沉重的歌谣中，穿越千山万水，来到主人公的心田。

眼泪，直把苦痛说尽

《小雅·采薇》

采薇采薇，薇亦作止。
曰归曰归，岁亦莫止。
靡室靡家，猃狁[①]之故。
不遑启居[②]，猃狁之故。
采薇采薇，薇亦柔止。
曰归曰归，心亦忧止。
忧心烈烈，载饥载渴。
我戍未定，靡使归聘。
采薇采薇，薇亦刚止。
曰归曰归，岁亦阳[③]止。
王事靡盬[④]，不遑启处。
忧心孔疚，我行不来。
彼尔维何[⑤]？维常[⑥]之华。
彼路[⑦]斯何？君子之车。
戎车既驾，四牡业业。

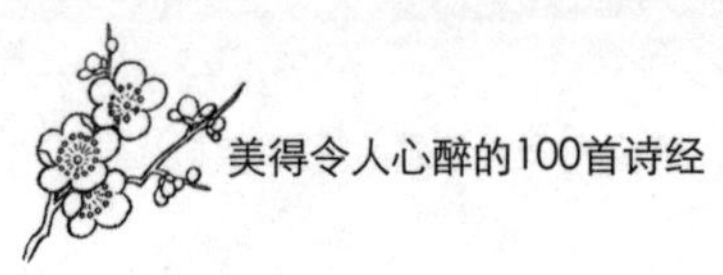

岂敢定居？一月三捷。
驾彼四牡，四牡骙骙[8]。
君子所依，小人所腓[9]。
四牡翼翼，象弭鱼服[10]。
岂不日戒，猃狁孔棘。
昔我往矣，杨柳依依。
今我来思，雨雪霏霏。
行道迟迟，载渴载饥。
我心伤悲，莫知我哀。

【注释】

①猃狁（xiǎn yǔn）：北方少数民族。到春秋时代称为狄，战国、秦、汉称匈奴。

②不遑：没空。启：跪坐。居：坐。

③阳：阳月，指夏历四月以后。

④盬（gǔ）：休止。

⑤尔："薾"的假借字，花盛开的样子。维何：是什么。

⑥常：常棣，棠棣。

⑦路：同"辂"，高大的马车。

⑧骙（kuí）骙：马强壮貌。

⑨小人：指士卒。腓（féi）："庇"的假借，隐蔽。

⑩象弭：象牙镶饰的弓。鱼服：鱼皮制成的箭袋。服，"箙"的假借，盛箭的器具，用竹木或兽皮制成。

腊月寒冬，雪花飞扬，一位从战场上光荣归来的战士在返乡途中踽踽独行。道路并不好走，腹中又是饥渴难忍；但边关已远，家乡渐近。驻足路边，抚今追昔，不禁感叹良多。激烈的战斗场面，艰苦的军旅生活，已经结束，周宣王麾下的将士们取得了战争的胜利，把入侵的北方猃狁打了回去，夺取了民族战争的胜利，足可载入青史。

战士载誉而归，不知是所载之誉略显沉重，还是战争中死去的乡人太多而悲哀，或者是霏霏雨雪的天气太过凝重，使得回家的道路变得艰难起来，又或者是“昔我往矣，杨柳依依”，战士们都太过惦念昔时与他折柳相送的妻子，以至于原本平静的心徒生波澜，焦躁不安。

是啊，战争时间太长，战争本身也过于残酷。值得庆祝的是，诗中的士兵还活着，能够活命回家也算是一个奇迹了。真要回到自己的故园了，踏过千山万水和雄关漫道，近乡情却更怯。战争的阴影仍然挥之不去。痛定思痛，没有人知道在战场离家万里的凄切。

在战争当中，战士或许有过对异族侵掠的愤恨，亦有过奋勇杀敌、以一当十的勇敢，更有过对战争带来的巨大灾难的惧怕和憎恶。种种复杂情绪，灌注于心，难以言尽。可是，等到战争结束之日，这一切都化作乌有了。战士的心里只余倦怠和凄凉，以及对归乡的担忧和祈盼。

如此复杂的心理，在后来的战争诗中，怕也只有范仲淹的《渔家傲》才能传递出来：“浊酒一杯家万里，燕然未勒归无计。”远征之人不能入睡，将军和士兵们的头发花白，战士纷纷洒下眼泪，直把戍边将士的苦痛说尽。

浊酒一杯家万里，有国才有家，可是为了国，多少人失去了家。无论进行的战争是什么性质，正义也好，非正义也罢，都是剥夺人最基本的生活权利，这本身就是残酷的事。最终能回到家中的战士，算是不幸中的万幸，那么多的人成了异乡的鬼魂，给家人造成一连串的伤害，无疑是更大的悲哀。

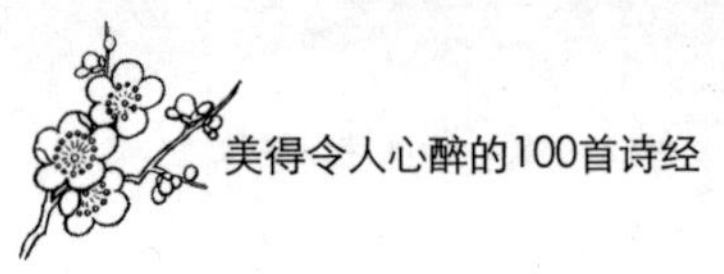

现实，有太多的苦闷

《小雅·北山》

陟彼北山，言采其杞。
偕偕[1]士子，朝夕从事。
王事靡盬，忧我父母。
溥[2]天之下，莫非王土。
率土之滨，莫非王臣。
大夫不均，我从事独贤。
四牡彭彭，王事傍傍。
嘉我未老，鲜我方将[3]。
旅力[4]方刚，经营四方。
或燕燕居息[5]，或尽瘁事国；
或息偃在床，或不已于行[6]。
或不知叫号，或惨惨劬劳[7]；
或栖迟[8]偃仰，或王事鞅掌[9]。
或湛[10]乐饮酒，或惨惨畏咎；
或出入风议，或靡事不为。

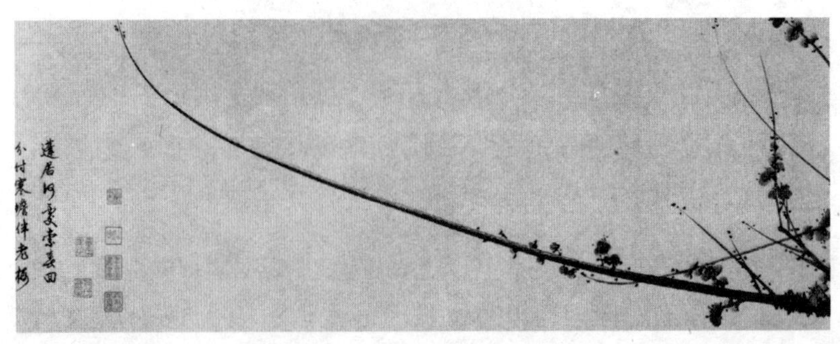

【注释】

①偕偕：健壮貌。

②溥（pǔ）：古本作“普”。

③鲜（xiǎn）：称赞。方将：正壮。

④旅力：体力。

⑤燕燕：安闲自得貌。居息：家中休息。

⑥行（háng）：道路。

⑦惨惨：又作“懆懆”，忧虑不安貌。劬（qú）劳：辛勤劳苦。

⑧栖迟：休息游乐。

⑨鞅掌：事多繁忙。

⑩湛（dān）：同“耽”，沉湎。

《北山》中，关于辛劳和贫穷，关于不公平的社会现实，有太多的苦闷要诉。

普天之下，哪一处不是王土；四海之内，谁不是王的臣仆。可是，王的臣仆也要分出三六九等，上等人不劳而获，安逸度日，纵情享乐，下等人却生来就要受役使和压抑，必然要承受辛劳和痛楚。

世间何以会如此的不平等？这偌大的一片王土，何以悲声不断？难道生就了卑微的命运，便再无翻身之日吗？

歌中的这位士人，整日为王家事奔波不止，然而王家的事情繁杂沉重，不知要奔忙到哪一天才是尽头。他起早贪黑、一刻不停地在四方奔波，却得不到相应的回报，至多换来上层大夫几句言不由衷的夸赞：“你年纪这么轻，身体又这么健壮，前程无限啊，多出几趟差，多做些贡献吧！”

看似是赞美之词，实则是上层统治者驾驭下属的技巧。他

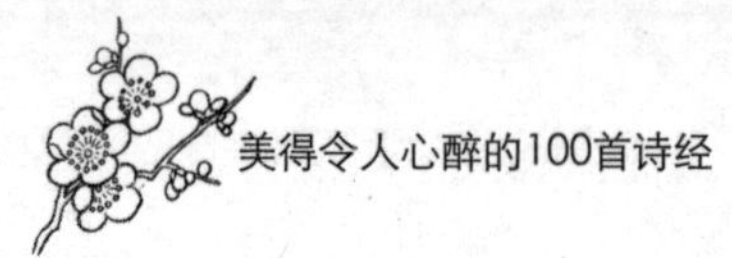

们恨不得所有人都牺牲自己，来供养他们的欲求。这种贪婪之心，被《小雅》的另一篇《大东》表现得入木三分：“维南有箕，载翕其舌。维有北斗，西柄之揭。”

“他们就像南方天上那座箕星，永远伸缩着舌头，张着血口，总想吞掉人们生产的粮食；他们就像北方那座北斗，高举长柄正指向西，要舀尽人民的一切财富。”

这真是令人悲哀的事情，如果是生死有命，富贵在天，那么这些成日挥霍人民心血的贵族们是否真的就能担起天命？如果他们真的天命所归，那么为何天下还会四处饿殍，荒郊四野呢？

看到王土之下人民的生活现状，听着这些来自远古的愤怒悲恸呼声，才知道应该是清平淡然的上古岁月，也会有这样痛彻心扉的哭喊。但愿古人那些悱恻的哀怨随着万古流水，丝丝缕缕流逝，再也不会苏醒。

卷十　千山万水，回家的路最美

在旷野里，清风与流水和鸣，日光与植物舞蹈，人们的眼中充满动人的绿意，会觉得人与自然真正融在了一起。

为你唱一首春天的歌

《召南·甘棠》

蔽芾甘棠[1]，勿翦勿伐[2]，召伯所茇[3]。
蔽芾甘棠，勿翦勿败[4]，召伯所憩[5]。
蔽芾甘棠，勿翦勿拜[6]，召伯所说。

【注释】

①蔽芾（fèi）：树木高大茂密。甘棠：棠梨，另一名杜梨，落叶乔木，果实圆而小，味涩可食。

②翦：同“剪”。伐：砍伐。

③召（shào）伯：即召公，名奭（shì），姬姓，封于燕。茇（bá）：草舍，此处作动词用，居住的意思。

④败：毁坏。

⑤憩（qì）：休息。

⑥拜：拔，一说屈、折。

今人吟诵着来自上古先秦时期的古老歌谣，体味着鲜活原始的美感时，是否想过，是谁编集起诗三百，造就了古典诗歌的源头，为后世带来了声势浩大的诗歌之春？

在人类之始，在未有文字之前，诗便已充盈在世人生活中。那时的人们，开口就能唱出美丽歌谣。那些咿咿呀呀唱出的歌谣，当是诗歌最初的雏形。然而，真正文字意义上的诗歌却是自《诗经》成形始，此后历经数千年，延展了绝代风华，至今余香未散。

在遥远的先秦时代，采诗官该是一个浪漫的职业吧。他们从王城出发，踏上散发着浓厚芬芳的土地，以诗歌的名义行走民间。他们走过山川林野、四季人间，经过水滨、猎场，走进耕地、民户，手中时时摇动着一只木铎，木铎发出的脆响会传到很远的地方，一直穿越了官道旁的树林和溪流，追逐着炊烟晚景、夕照余晖，直绕云霄而去。

采诗官的工作便是行走和记录。当他们路过山野，看到山间原野上唱歌劳作的人们，便会在一旁席地而坐，请求人们将新编的歌谣唱出来，然后飞快地记录下来。

他们也许不知道，自己所聆听的歌谣，记下的文字，将会成为一个古老国度文学的源头，正如蜜蜂在采花的时候也从来没有想到过，它们会带来一个声势浩大的人间春天。

倘若没有采诗官，《甘棠》一诗或许就不会留存，召公听讼甘棠树下的故事也很可能无法流传千古：召公南巡，所到之处不占用民房，只在甘棠树下停车驻马、听讼决狱、搭棚过夜，他死后，人们对他的怀念太过深切，以至于都舍不得砍伐他停歇过的树。

几乎可以想象到，当采诗官摇着木铎风尘仆仆而来时，当地的民众是如何热情地牵住了他的衣袖，争相对他说："来，我们为你唱一首歌颂召公的歌。"

太过久远的时光模糊了采诗官的面目，他们仅仅只在历史的深处浓缩为一个简短的名词，供后人遐想感恩，可是经由他们传之后世的文化，却始终在历史上熠熠生辉。

女子是人间最明媚的画卷

《周南·葛覃》

葛之覃①兮，施于中谷，维叶萋萋②。

黄鸟于飞，集于灌木，其鸣喈喈③。

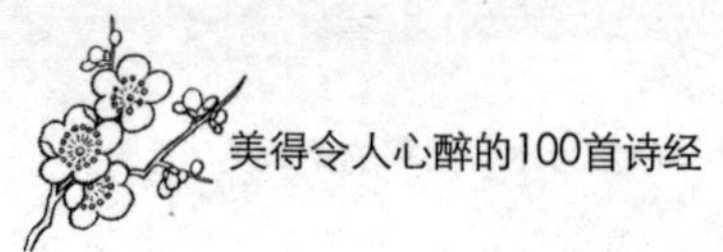

葛之覃兮，施于中谷，维叶莫莫。

是刈是濩[4]，为絺为绤，服之无斁[5]。

言告师氏[6]，言告言归。

薄污我私，薄浣我衣[7]。

害浣害否[8]？

归宁父母。

【注释】

①葛：一种蔓草。覃（tán）：本意是延长，在此处指蔓生之藤。

②萋（qī）萋：茂盛的样子。

③喈（jiē）喈：鸟儿婉转鸣叫的声音。

④刈（yì）：割取。濩（huò）：用热水煮东西，这里是将葛放在水里煮。

⑤斁（yì）：厌倦。

⑥师氏：保姆。

⑦浣（huàn）：洗涤。衣：外衣。

⑧害：通“曷”，即何。否：表示否定，此处指不用洗的衣服。

葛藤长在山林之中，每当有风的时候，大把的阳光便和茂盛的叶片一起追逐嬉戏，窸窸窣窣碎响不断，构成山林的音乐。不妨在这音乐之中沉醉，以蔓延的葛藤作为桥梁，顺着它攀缘到两千年前，来听这首关于劳作的歌：

有景，有物，绿的是叶，葛藤叶子蜿蜒伸展，黄的是鸟，调皮的黄雀在山谷间飞来飞去，处处留下它们欢快的唧啾声，和树叶的窸窣碎响和鸣，怎不是一派自然好风光？在柔长的葛藤间依稀可见有着健康红润的脸庞的采葛女子，荆钗布裙，一路欢喜走来。

她为什么如此快乐？也许她太熟悉这块山野，阳光、藤叶、小鸟，都似自己的亲人；也许是她觉得自由，在家待着不舒服，而此刻如出笼的鸟儿，回归山野，怡然自乐；也许，她陷入了快乐的往事，小时候，她就跟随母亲进山采葛。

她是一介民女，嫁的也是一个普通的男子，担水劈柴，男耕女织，简单生活，用朴素和单纯开垦生命中最丰美的田园。

女子的劳作并不稀奇，《诗经》中的劳作处处可见，劳作与风雅相结合才是风景。先秦之时，没有那么多的苦楚，没有不堪重负的生活压力，她也就如山间鸟儿一样自在，展示着自己的勤劳。因此，在我们看来，她就是一道风景。

由于女性的介入，先秦之时的山野不是荒蛮、单调。勤劳的女子们挥舞着镰刀割着葛藤，嘴中不停息地唱出欢快的歌曲，和黄雀的鸣叫、树叶的摩挲声汇成一片，葛藤在风中婆娑起舞，碧波荡漾的绿叶之中，她们若隐若现。远古女子劳作的愉快景象，是山间最明媚生动的一幅画卷。

诗情画意滋润着爱情的心田

《鄘风·桑中》

爰采唐[①]矣，沬之乡[②]矣。

云谁之思?

美孟姜[③]矣。

期我乎桑中[④]，要我乎上宫[⑤]，送我乎淇[⑥]之上矣。

爰采麦矣，沬之北矣。

云谁之思?

美孟弋矣。

期我乎桑中，要我乎上宫，送我乎淇之上矣。

爰采葑矣，沬之东矣。

云谁之思?

美孟庸矣。

期我乎桑中，要我乎上宫，送我乎淇之上矣。

【注释】

①爰：于何，在哪里。唐：植物名，即菟丝子，寄生蔓草，秋初开小花，子实入药。一说当读为“棠”，梨的一种。

②沬（mèi）：卫邑名，即牧野，在今河南省淇县北。乡：郊外。

③孟姜：姜家的长女。孟：兄弟姊妹排行第一的人。姜与下文的“弋”“庸”一样，都是贵族的姓氏。

④桑中：地名，一说桑林中。

⑤要（yāo）：邀约。上宫：宫室。

⑥淇：淇水。

采桑在先秦时期作为一项非常普遍的生存之道，使得桑园成为女人家庭之外最重要的活动场所。有女人的地方必有爱情，在桑园，也势必发生众多的爱情故事。学者傅道彬在自己的研究中这样说过：“古老的桑园因为有着太多的故事，以至于成为一个爱的隐语。”是什么隐语呢？翻开《诗经》，就是那些铺面而来的情事。

《鄘风·桑中》中，男主人公轻唱道：

到哪里采集女萝，就在卫国沬水岸。谁是你梦中情人？美丽动人是孟姜。她约我到桑林里，邀我去她家把亲攀。辞别归来送我行，依依惜别淇水边。

收割小麦去何处，就在沬水岸北岸。谁是你梦中情人？美丽动人是孟戈。她约我到桑林里，邀我去她家把亲攀。辞别归来送我行，依依惜别淇水边。

采摘蔓菁去哪里，就在沬水河东岸。谁是你梦中情人？美丽动人是孟戈庸。她约我到桑林里，邀我去她家把亲攀。辞别归来送我行，依依惜别淇水边。

在朴素、深婉的恋歌中，男女在桑园中相会后，发生了爱情中的一切步骤与环节。濒临河水，在春天的环境中流淌着情，诗情画意滋润着爱情的心田。采桑女在这里发生了一个又一个爱情故事。

发生在桑园中的约会媾和，成为先秦时候的一种风气，先民们认为在自然田野可以得天地之精华，有益于健康，而且和谷物的生长联系起来，是一种吉祥的方式。

桑园的特殊地位在诗歌中一再出现，后来就逐渐形成一种意象，承载着采桑女的喜怒哀乐与生活，借桑抒情也成为女性一种自然贴切的倾诉方式。桑园，可以说是先秦年代的文学森林。

旷野里，清风与流水和鸣

《周南·芣苢》

采采芣苢[①]，薄言[②]采之。
采采芣苢，薄言有[③]之。
采采芣苢，薄言掇[④]之。
采采芣苢，薄言捋[⑤]之。
采采芣苢，薄言袺[⑥]之。
采采芣苢，薄言襭[⑦]之。

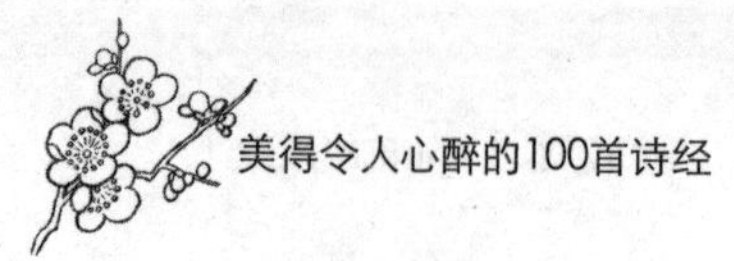

【注释】

①采采：采了又采。芣苢（fú yǐ）：植物名，即车前子，种子和全草可以入药。

②薄言：发语词，无义。

③有：取。

④掇（duō）：拾取。

⑤捋（luō）：以手掌握物，向一端顺势脱取物体。

⑥袺（jié）：用衣襟兜东西。

⑦襭（xié）：翻转衣襟掖于腰带以兜东西。

只不过是一种长满郊野的普通植物，连名字也并不雅致，车前子，并未给人留下多少浮想联翩的余地，然而在古老的歌谣里，它却陡然间有了跳荡的生命力，在一群人的采摘和歌唱中，沾染了自然纯净的欢喜。

在歌谣里，车前子被称作“芣苢”，有着优雅温润的发音。原来最简单的劳作，一旦赋予了诗意，便是美的。

田家妇女，三三五五，于平原旷野、风和日丽中，群歌互答，余音袅袅，若远若近，忽断忽续——不知是多么美好而沁人心脾的景致。她们在川原上一边欢快雀跃地采着芣苢的嫩苗，一边唱着“采采”的歌儿，就像在庆贺春暖的到来，又似乎只是于春光融融的景境中感受到了轻松收获的喜悦。这样的喜悦在咏唱中自然流淌着，虽与繁华奢侈的享乐毫不相干，却是人人心中都向往的纯粹快乐。

先秦时期，生产力低下，自然灾难又频发，人们无力抵挡，而在这艰难之中，也有着可以轻易获得的欢喜。生虽是艰难的事情，却总有许多快乐在这艰难之中。把劳作当成生之乐趣的一部分，绝非多数人能做到的事。在采摘果实的过程中，体验劳动的快乐，并在自己的歌声里，听到远古的神秘，让身心与大自然融合在一起，由心而生一种亲切与归属感，如此才算让清新的泥土味沁入了生活，才让简单的劳作有了诗意。

人处于自然中的时候，应该是最放松的时刻，那时，尘世的烦恼远去，在旷野里，清风与流水和鸣，日光与植物舞蹈，人们的眼中充满动人的绿意，会觉得人与自然真正融在了一起，劳动的歌声划过嫩绿的叶片，落进了风的深处，能够找寻得到的只有从心里满溢出来的纯净的欢喜。

无须强求，不必刻意

《魏风·十亩之间》

十亩之间兮，桑者闲闲[①]兮，行[②]与子还兮。

十亩之外兮，桑者泄泄[③]兮，行与子逝兮。

【注释】

①桑者：采桑的人。闲闲：悠闲貌。

②行：将要。

③泄泄：和乐的样子。

夕阳西下，为葱绿的桑林镶上银边，光线变暗，温度转凉，安适静谧的氛围中，鸟兽归巢，暮霭渐起。远方一阵阵炊烟和香气传来，一天的忙碌画上句号，桑园里渐渐响起采桑女呼朋唤友的声音，悠扬而又清脆，最后，她们渐渐远去，说笑声和歌声仍袅袅不绝。

这样一幅和睦温馨的桑园晚归图，若非真正走进采桑女的日常生活，花费大把闲适时光，徜徉于田园垄间，恐怕不

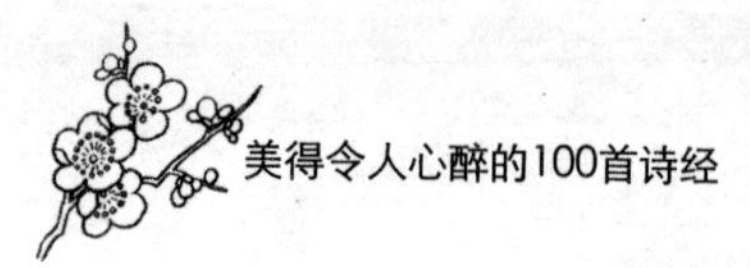

易捕捉到。尤其是采桑者那副“闲闲”“泄泄”的神情，更是只可画其形，难以摹其态。

直觉“闲闲”“泄泄”应该是这样的：天空高远敞亮，阳光轻柔，微风舒卷，淡淡的一抹白云游弋于湛蓝的天际；桑林中阴凉清新，桑叶在微风的抚摸下轻快地跳跃着，鸟儿不疾不徐地扑展翅膀，偶尔发出一串欢快的吟唱，用来舒展心情、招引同伴；空气浓郁而又湿润，让人慵懒，让人心生欢喜。在这种环境下，采桑者悠闲自在，心情愉悦，说是在工作，不如说是在享受生活。

田园诗，或许正由此诗起源。这一派十亩之间清新恬淡的田园风光，确是像极了后世陶渊明“采菊东篱下，悠然见南山”的风致，以至于后人说这是一首归隐之作。提及隐逸之说，本就醇美的诗句，更加披上了一层幽远色彩。

只是，在当时那个男耕女织的劳作时代，种植桑树、采桑养蚕，本就是日常生活中最普通的一部分，那个时节，田园还不是奢侈之物，尚且不必为了避世而大费周折、拐弯抹角地叙说归隐之意。只是最平常的生活，就已有了娴静悠然的况味，无须强求，不必刻意，只要静静地去体味，安然去感受即可。

男耕女织的风俗画

《豳风·七月》

七月流火，九月授衣。
一之日觱发[①]，二之日栗烈。
无衣无褐，何以卒岁？
三之日于耜，四之日举趾。

同我妇子，馌[②]彼南亩，田畯至喜。
七月流火，九月授衣。
春日载阳，有鸣仓庚。
女执懿筐，遵彼微行，爰求柔桑。
春日迟迟，采蘩祁祁。
女心伤悲，殆及公子同归。
七月流火，八月萑苇[③]。
蚕月条桑，取彼斧斨，以伐远扬。
猗彼女桑，七月鸣鵙[④]，八月载绩。
载玄载黄，我朱孔阳，为公子裳。
四月秀葽，五月鸣蜩。
八月其获，十月陨萚。
一之日于貉，取彼狐狸，为公子裘。
二之日其同，载缵[⑤]武功。
言私其豵[⑥]，献豜[⑦]于公。
五月斯螽动股，六月莎鸡振羽。
七月在野，八月在宇，九月在户，十月蟋蟀入我床下。
穹室熏鼠，塞向墐户。
嗟我妇子，曰为改岁，入此室处。
六月食郁及薁，七月亨葵及菽。
八月剥枣，十月获稻。
为此春酒，以介眉寿。
七月食瓜，八月断壶。
九月叔苴[⑧]，采荼薪樗[⑨]，食我农夫。
九月筑场圃，十月纳禾稼。
黍稷重穋[⑩]，禾麻菽麦。
嗟我农夫，我稼既同，上入执宫功。

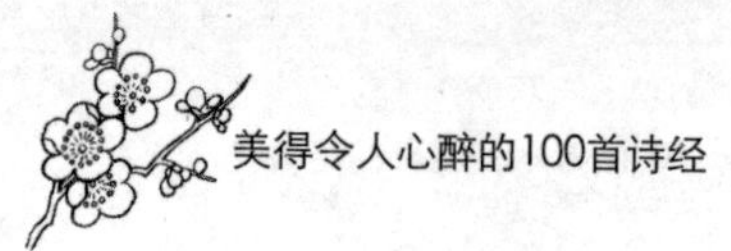

昼尔于茅，宵尔索绹，亟其乘屋，其始播百谷。

二之日凿冰冲冲，三之日纳于凌阴。

四之日其蚤，献羔祭韭。

九月肃霜，十月涤场。

朋酒斯飨，曰杀羔羊。

跻彼公堂，称彼兕觥，万寿无疆！

【注释】

①觱（bì）发：风吹过物体发出的声响。

②馌（yè）：送饭。

③萑（huán）苇：荻草与芦苇。

④鸣鵙（jú）：伯劳鸟。

⑤缵（zuǎn）：继续。

⑥豵（zōng）：小猪。

⑦豜（jiān）：三岁的猪。

⑧叔苴（jū）：拾麻籽。

⑨荼：苦菜。

⑩重（tóng）：同“穜”，早种晚熟的谷。稑（lù）：晚种早熟的谷。

细品《七月》，恬淡清澈，描摹细致，就好像初生的禾苗，散发着自然的田园气息，又处处浸透着惬意之情。

七月火星向西落，妇女在九月的时候就缝制冬衣，因为十一二月的时候就会寒风彻骨，没有足够御寒的衣服，怎么能够抵御这寒冷的冬日呢？而冬天一过，便要开始修理锄具，准备二月的下地耕种，吃饭的时候，妻儿会把饭送到田边，让田官赶来美食一餐。这就是那时人们恬淡安宁的生活。

日出而作，日落而息。年轻的姑娘在春日黄鹂的婉转啼鸣声中，沿着小道采摘桑叶，看着春天逐渐过去，人们采摘白蒿，姑娘内心一片忧伤，因为马上就要远嫁他乡，为他人做媳妇去了。

三月的桑枝被修剪，八月开始织造麻衣，姑娘就是要为她的夫君编制衣裳了。时日渐渐过去，女子心中那绕指柔情，也在秋日到来之前，日益如海深沉。

当四月开始结籽，五月知了声声时，人们就为八月的收获做着准备，待到十月叶子飘零，十一月就上山打猎，猎取动物的皮毛来送给贵人取暖，到十二月的时候，猎人们依然忙于操练，猎取猎物，如果是猎到小猪就留下自己享用，如果是大猪就要献给王公。

五月蚱蜢开始骚动，六月蜻蜓飞舞，葡萄和李子都熟了，蟋蟀在七月便随处可见，而人们则是忙着煮葵花籽，八月开始打红枣，蟋蟀九月来到屋门口，十月就钻到人们的床底，但人们只顾着下地收稻谷，为了酿造美酒而忙碌，家中的鼠洞也没时间管理，人们辛辛苦苦劳作一年，只是为了令主人高兴，令自己平安，所有的好食物都供奉给主人，自己则是采摘野菜、砍伐木柴，住进破旧的房屋内暂求安稳。

《七月》是一幅男耕女织时代的风俗画。三月里女孩子带着漂亮的篮子，采桑叶养蚕，六月结满葡萄，七月榨满豆浆，八月打枣、收稻谷，九月打谷场，重新做了菜园子，十月飘满酒香，十一月、十二月农活结束了，男人开始去打猎。夜晚归来还不休息，趁着农闲，收拾好屋子，抵御夜晚的风霜，还要准备过年，来年开春又要忙着种地了。

农夫辛辛苦苦的白日忙完庄稼，夜晚又要搓麻绳，在一年的最后时刻忙祭祀的种种活动，献上先前冷冻在冰窖里的韭菜和羊羔，分发美酒给宾客，与众人一起举杯为主人祝福，高呼万寿无疆。

诗歌里，人们没有太多的抱怨，只是繁重地活着，“哀而不伤，怨而不怒”地活着。人们在一年到头的琐碎劳作中，默默地承受着生存的负担，寻找属于自己生活的乐趣与希望。男耕女织的社会中，大多人都是这样过完一生的。

真挚爱情穿越千年纸页

《王风·丘中有麻》

丘中有麻[①]，彼留[②]子嗟。
彼留子嗟，将其来施施[③]。
丘中有麦，彼留子国[④]。
彼留子国，将其来食。
丘中有李，彼留之子。
彼留之子，贻我佩玖[⑤]。

【注释】

①麻：一种植物，皮可以用来织布。

②留：留下。

③将（qiāng）：希望。施（shī）施：慢行貌，一说高兴貌。

④国：助词。

⑤玖（jiǔ）：玉一类的美石。

《诗经》的时代，好比一块未受世俗浸染的田园，自由生活在那里的人们，尚且不必担心被扣上繁杂的儒道枷锁。那时的人，才真正拥有本真的思维和完整的人格，属于自己和自然。这片土地上蒸腾的不是后来用于约束人的规章和伦理，而仅仅是原汁原味、未加修饰和破坏的人性，人们唯一的事务，就是尽情地生活，宁肯浪掷了时光，也不要轻易辜负生命的清新明丽。

《丘中有麻》在这样的背景下展开，将爱的田园歌唱得真实、纯粹、自由和勇敢。

姑娘竟然那样率性、大胆，欢快地把与情郎幽会的地点一一唱出，好似心中的喜悦已经满溢，几乎要压抑不住。那一块种满了苎麻、稻麦和青李的丘原，是她与心上人幽会的地方。她要将这些自然美好的景致唱进喜悦的歌里，记下他们爱情里的每一个心如鹿撞、悸动心跳的时刻，供余生细细回望。

那一块块爱的田园，给了姑娘多少欣喜和感慨，高大的植物铺展开来，遮挡着甜蜜的二人世界，外面或骄阳投射或夕照留恋或繁星点点，里面却是恒久的春意盎然，男子或嬉笑调侃或软语温存，都给了姑娘难以磨灭的情感印记。

最后，男子送了定情信物，要对她倾吐一生的誓言。他们的爱会像坚硬纯净的佩玉一般，坚贞永恒。这样美好的结果，就像爱情终于瓜熟蒂落、成熟圆满一般，令人生出无限惊喜。

幸而姑娘是这样大胆，将她和他的爱情唱成了一首歌，否则这份天然纯净的真挚爱情，又怎会穿越数千年泛黄的纸页，携着多少良辰好景、赏心乐事，翩跹绕过多少悲喜哀愁、生死离合，直走进今人心底？

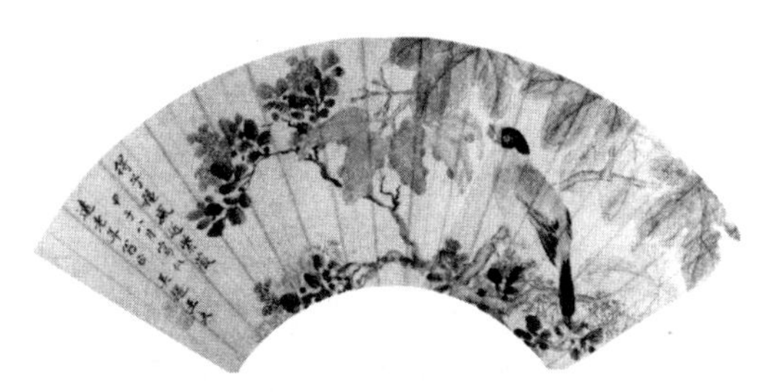

那份美，妙不可言

《召南·采蘩》

于以采蘩①，于沼②于沚。
于以用之，公侯之事③。
于以采蘩，于涧④之中。
于以用之，公侯之宫⑤。
被之僮僮⑥，夙夜在公⑦。
被之祁祁⑧，薄言还归⑨。

【注释】

①于以：问词，往哪儿。一说语助词。蘩（fán）：白蒿。叶片形状很像艾叶，根茎可食，古代常用来祭祀。

②沼：水池。

③事：此指祭祀。

④涧：山夹水曰涧。

⑤宫：大的房子，汉代以后才专指皇宫。

⑥被：首饰，取他人之发编结披戴的发饰，相当于今天的假发。僮（tóng）僮：一说首饰很多的样子，一说光洁不坏的样子。

⑦夙：早。公：公庙。

⑧祁祁（qí）：形容头发蓬松，或发饰舒散的样子。

⑨归：归寝。

一本《诗经》，先秦女子的确是其中一道亮丽的风景。她们的美到了极致，她们的身影无处不在，劳动、歌唱、繁衍，即使在只有男人才能干的活——祭祀中，也少不了她们的身影。

在哪里采摘白蒿呢？那边的水池和沙洲，采摘白蒿有什么用呢？主公的宫里面祭祖用的。在哪里采摘白蒿呢？那边溪涧的水中，采摘白蒿有什么用呢？给公侯祭宗庙用的。她们梳妆整齐，早早去为参加祭礼做准备，她们又打扮得很漂亮，匆匆忙忙地回到家里忙其他事情。

“蘩”就是生活中常见的白蒿，古人认为它可辟邪，常常用于祭祀。采摘花草的劳动在女子看来应该是一件快乐的事，身体置于大自然之中，与美景的融合能使身心完全放松。大自然给予远古先民的不仅仅是清清的溪流与绿色的原野，也不仅仅是她们竹篮中的收获，更多的是接近泥土与河水带来的心灵放松，那种深入每个毛孔的喜悦感。

祭祀的庄重与劳动的轻快在这里得到对比，在简单的采摘中得到收获，得出人生的意义——女子所做出的贡献与力量，尽管微不足道，但也至关重要。

祭礼应该是冗长而烦琐，参加的人早早就到位，更不要说为此准备食物、礼仪、祭祀品的宫女们了，她们更早一步开始忙碌。祭祀的过程中，她们也始终在忙碌，穿梭在所有需要的地方，留下美丽的背影，尽管身体劳累，但在祭祀的庄重场合她们脸上写满内心的安宁。

她们安心愉快地采蘩，无所怨尤，忙完一件又一件苦事，生命因此而饱满充实，尽管无人体会到她们付出的劳辛，也没有获得多少同情，但她们采蘩之时的那一愉快探身，在曼妙的郊野，在微风和煦的阳光下，妙不可言，远比所有人美丽。

借一曲山歌表白爱慕

《陈风·东门之枌》

东门之枌[①]，宛丘之栩[②]。
子仲之子[③]，婆娑[④]其下。
穀旦于差[⑤]，南方之原[⑥]。
不绩其麻，市[⑦]也婆娑。
穀旦于逝，越以鬷迈[⑧]。
视尔如荍[⑨]，贻我握[⑩]椒。

【注释】

①枌（fén）：木名，白榆。

②栩（xǔ）：柞树。

③子：女儿。

④婆娑：回旋舞蹈的样子。

⑤穀（gǔ）：好，善。旦：日。差：选择。

⑥原：平地。

⑦市：市集。

⑧越以：作语助。鬷（zōng）：常常，屡次。一说总合，聚集。迈：前往。

⑨荍（qiáo）：荆葵。

⑩握：一把。

在青青山色里，着一袭碧裙，听摇橹声吱吱呀呀，漫过微起涟漪的水面，看乌木小舟直驶进山间的晚照斜晖里去，恍若驶进了一个千载不变的梦境。这时，四壁无声，就连时光都好似暗淡了颜色，在眉目间投下淡淡阴影。突然，山间有透亮的歌声传来，带着四月天里最新鲜的水露气息，又似一汪清碧的春江水，摇颤袅娜，好似唱活了碧水蓝天，唱淡了深青山色，直唱到人的灵魂里去。

山歌，就该是这般明亮、爽利，又不失柔婉妖媚。男子在山这边，女子在山那边，歌声从明澈清冽的水面滑过，携着飞鸟的呼吸与啼鸣，伴着醉人花香，在晴空下传递衷情。青山绿水间的爱情，美得不曾有丝毫杂质，所有的心意都清澈透明，不遮掩、不夸饰，所有情意的表达都带着纯美的诗意和心跳的节奏，回声悠长、音符跳荡，纯粹自然的喜悦瞬间就蔓延了整个天地。

先秦时的陈国人，亦是能歌善舞，所以在遭逢爱情之时，也就格外地愿意借歌舞之名来倾诉心曲，仿佛说出口的语言都太过苍白，只有歌之舞之，足之蹈之，才可以将一腔爱意淋漓尽致地表达。

那时的年轻男女，时常在良辰吉日相约聚会择偶，若有相中的人，便借一曲山歌来表白爱慕之意。

你听男子唱道：

东门外种着白榆，宛丘上柞树成群。在那个美妙的好时光，我与你在树下幽会谈情。你的舞姿翩翩，我唱响情歌婉转。幸福的爱情之花绽放。你像荆葵花一样美丽啊，我是你理想的情人。你终于被我打动，送我花椒表白情意。

听他清亮的歌喉在陈国宛丘上唱出这一曲情歌，定是绝美的风情。